U0120192

涟漪的夜晚

〔日〕木皿泉 著　毛叶枫 译

中国友谊出版公司

图书在版编目（ＣＩＰ）数据

涟漪的夜晚 / (日) 木皿泉著；毛叶枫译 . -- 北京：
中国友谊出版公司 , 2023.11
ISBN 978-7-5057-5646-5

Ⅰ . ①涟… Ⅱ . ①木… ②毛… Ⅲ . ①长篇小说—日
本—现代 Ⅳ . ① I313.45

中国国家版本馆 CIP 数据核字 (2023) 第 106990 号

著作权合同登记号　图字：01-2023-3674

SAZANAMI NO YORU
by IZUMI KIZARA
Copyright © 2018 IZUMI KIZARA
Original Japanese edition published by KAWADE SHOBO SHINSHA Ltd. Publishers
All rights reserved.
Chinese (in Simplified character only) translation copyrights © 2023 by Ginkgo
(Shanghai) Book Co., Ltd.
Chinese (in Simplified character only) translation rights arranged with
KAWADE SHOBO SHINSHA Ltd. Publishers through BARDON CHINESE
CREATIVE AGENCY LIMITED, Hong Kong.

本书中文简体版版权归属于银杏树下（上海）图书有限责任公司。

书名	涟漪的夜晚
作者	［日］木皿泉
译者	毛叶枫
出版	中国友谊出版公司
发行	中国友谊出版公司
经销	新华书店
印刷	北京天宇万达印刷有限公司
规格	787 毫米 × 1092 毫米　32 开
	7 印张　70 千字
版次	2023 年 11 月第 1 版
印次	2023 年 11 月第 1 次印刷
书号	ISBN 978-7-5057-5646-5
定价	45.00 元
地址	北京市朝阳区西坝河南里 17 号楼
邮编	100028
电话	（010）64678009

目录

第一章

○

"就算我要死了，也不用这样吧……"那须美心想。

已故母亲的姐姐尽管年事已高，还是特意大老远赶了过来。她一进病房就喊着"那须美！"，小跑着来到那须美的身边，一看见她的脸，便"哇"一声捂脸啜泣起来。

"小鹰根本就没告诉我！"她似乎对没人告诉自己那须美得了癌症一事而异常气愤，一遍又一遍地埋怨。那须美想，姐姐鹰子之所以把自己的病情告诉了这位姨妈，看来情况已经越来越凶险了。

妹妹月美私下称这位姨妈为"臭虫姨妈"。父亲去世后不久，母亲也去世了，留下她们三姐妹——高中生鹰子、初中生那须美、小学生月美，还有不知何时开始与她们同住的笑子姑婆，她是父亲的姑姑。家里没有了劳动力，别说继续经营被附近初中生们称为

"假便利店"的商店"富士家"，连打理这个家都成问题。厨房、客厅、玄关都不能再像母亲在世时那样每天整理，渐渐变得杂乱不堪。姨妈看不下去了，她来探望时总是打开各处的窗户，皱着眉，毫不掩饰地说着："哇，臭死了！就像碾碎了臭虫一样。"臭虫是什么虫？三姐妹想象不出来。她们猜想，一定是像姨妈这样，脸上因为涂了粉而显得惨白，头则像姨妈平时总戴的帽子一样，是紫色的。每当姨妈靠近，就能闻到过去的化妆品那特有的刺鼻酸味。每次闻到那种气味，身形纤瘦的笑子姑婆总会像猫一样躲起来。等到姨妈回去了，那种气味也消失了，家里又恢复了正常的气味，笑子姑婆也神不知鬼不觉地出现在厨房，若无其事地做起家务。

　　来到病房的姨妈，身上还是从前那股酸味，她拿出从大阪买的布丁劝那须美吃。因为是特地从大阪买的，所以是食倒太郎[1]的造型，戴着红白相间的帽子，

1　食倒太郎（くいだおれ太郎），是大阪的吉祥物角色。

内里是随处可见的布丁。那须美不想吃布丁，也没有力气勉强吃给姨妈看。她只好说："我等一会儿再吃。"

姨妈说："要是我能代替你就好了。"话里能听出来她是真心的。那须美想：臭虫，别说这种让我想哭的话啊！臭虫就是臭虫，讨厌的家伙就是讨厌的家伙——那须美曾认为自己到死也不会改变看法，然而奇怪的是，如今面对这样的人，她的心里只会浮现出"感谢"这样的词。怎么回事啊？那须美不解。

丈夫日出男一天会来病房三次。两人到现在已经没什么话可说了，他却仍然会在指定的时间过来陪那须美一起吃饭。日出男总是执着地一次次询问那须美有没有好好吃饭。那须美吃医院的饭，日出男吃自己带的便当。他的便当盒是那须美买的，吃完以后可以折叠起来节省空间。日出男每次都把便当吃得干干净净，然后啪嗒啪嗒地把饭盒折叠起来，那声音令人感到愉快。那须美很喜欢这一幕。她想起自己身体还不错的时候，工作结束后会把空啤酒罐压扁，或者在店铺后面巧妙地把空纸箱踩扁。她还没来由地想起了姐姐鹰子会把米饼掰开，递给自己一半。日出男收拾饭盒的动作，就像刚写完作业忙着去找朋友玩、匆忙把铅笔和橡皮放进文具盒的小学生一样，那须美的表情自然地放松了下来。她以前从不知道，每天重复的动作能给心灵带来这么大的安慰。日出男折叠好饭盒——仅此而已，也令她心生感激。

曾有一次，日出男在用来烤鱼的烧烤架上加热炸肉排，不小心烧焦了，两人为此大吵一架。那须美大发雷霆，说："明明吃冷的就好，为什么多此一举？为什么不用微波炉加热？""可是那样口感就不脆了啊。""什么脆不脆的。"那须美没有说出来的是：你是笨蛋吗？烧焦的东西会致癌，我才不会吃呢。而日出男也只是想让那须美吃顿热饭而已，为此也很委屈生气，于是逞强把烤得黑乎乎的炸肉排全都吃了。然而，得癌症的人却是自己，怎么回事嘛——那须美觉得很可笑：我当时在生什么气呢？只是因为对方没有顺着自己的意思去做，就气得发狂。那须美在生病之后明白了，人本来就不可能事事如愿。她好想告诉那时的自己，你啊，比自己所以为的还要幸福百倍呢。

　　我刚睡着了吗？醒来之后病房里没有人，冷冰冰的。外面光线昏暗，也不知道是清晨还是黄昏。窗外，正是樱花将落的时节。病床上的那须美可以看到枝条上有三团密集的球状花簇在风中摇曳。四处都透着几分新绿。那须美想，樱花树正在为下一个阶段做准备呢。也许是下过雨的缘故，一些樱花的花瓣贴在了窗玻璃上。一片片花瓣的形状就像老爷爷的足袋[1]，啪嗒啪嗒地向天空延伸。那须美想，看到这些，会想要活下去吧。

　　早上醒来的时候，她总有些失望——什么嘛，怎么还没死。自己的身体虚弱而沉重，喉咙、关节、背部不舒服的感觉并不会在早晨消失——是啊，今天还要再活一天。有一段时间，那须美曾因此感到宽慰，但最近身体实在太难受，她很失望——什么嘛，怎么还没死。

1　足袋：穿和服时使用的日式布袜，大脚趾与其他四趾分开。

　　那须美觉得，死亡就像分娩。尽管她没生过孩子，但总觉得现在就像是在经历阵痛。"想活下去"和"受够了"，两种心情交替出现。不久之前，两者的间隔时间还很长，在沮丧好几天之后，会有突如其来的一阵轻松，让人能够咯咯笑着如常生活。这种间隔一天比一天更短。到了最近，上一刻还强烈地想着"要活下去"，下一个瞬间就会觉得"已经够了"。在其他人看来，那须美只是安静地躺在病床上，可她的心却始终动荡不安。就像阵痛一样，在来来回回的心情交替之间，间隔或许很快便会消失吧。当它们严丝合缝地重叠到一起，当心中的矛盾消失，自己也将迎来结束——那须美真切地这样相信。

　　日出男会继续经营家里的商店吧？虽然没做过约定，但日出男不是那种遇到困难就会一逃了之的"聪明人"。雇一个兼职的人，应该能勉强维持下去。不知从什么时候开始，那须美再也无法想象未来自己和日出男两个人在店里工作的样子了。"小国家的三姐妹"，现在听来也觉得仿佛跟自己无关——我已经什

么都不是了。是从什么时候开始这样想的？是从确定
会死的时候吗？不对，那时她还会挣扎，即使医生已
经宣告没救了，她也还是怀着希望的。即使不能再上
上下下地从面包车上搬货，至少也可以看看店，或者
简单做个午饭，又或者坐在日出男驾驶的车上出门购
物，这些事总还能做吧？可是随着治疗的进行，她才
发现这些都已经不可能了。住在一起的姐姐鹰子曾让
她回家养病。她向那须美说明，病床也好，照顾病人
所需的东西也好，这些都能租到，那须美却坚持没有
答应。那须美从小就在店里帮忙，开店这事有多辛苦，
她再清楚不过了。鹰子责任心很强，一定会为此辞去
百货公司的工作，她已经错过了结婚适龄期，那须美
不愿再夺走她的工作——自己死后，鹰子的人生还要
继续。月美婚后离开了家，每次回到娘家都会抱怨讨
婆婆欢心是多么辛苦。如果再让她照顾自己，她那个
家或许会变得满是裂痕，再也无法修复。那须美一想
到这些就很害怕。笑子姑婆虽然从不说出口，还竭力
装出一副看起来没事的样子，但她也因为那须美的病

而十分沮丧。如果将死的自己待在家里，笑子姑婆就要每天面对死亡，这对一个老人来说实在太难受了。那须美唯一的念头，便是不想打破一直以来设法维持的家的平衡。

　　每个人都温柔得让那须美想哭。她怀念那些彼此间会流露刻薄情绪的日子，所以也曾试着变得刻薄起来，但大家只是温柔地笑笑而已，那须美这才意识到——是啊，我快要离开这个世界了。起初她会感到愤懑——我还活着呢！可是渐渐地，她意识到，这是自己在这个世界上被赋予的最后一个角色。自己现在正扮演着"癌症晚期患者"的角色，这样一来，周围的人也能更轻松。那须美演得像是电视里看到的病人一样，新来的女护士脸上的笑容也和电视上看到的一样。尽管这对那须美来说并不是所谓的正确答案，但她也没有其他选择。谁都不知道该怎么做，毕竟每个人都是第一次面对死亡。可即使都不知道，大家也在尽力想象着正确的做法，像是所有人正在齐心协力地演一出戏，那须美也只好顺势加入其中——她已经不想再为家人增添烦恼了。生病以后，那须美深切地认识到，混乱只会让所有人更痛苦。事到如今，她已经不想让别人了解自己真实的想法，只想消失在一个和窗外的风景一样和谐的世界里。

那须美二十多岁时去了东京。老家店铺所在的地方可以近距离地看到富士山，但因为位置偏僻，很少会有游客，有时一天也只有三个客人，店里的生意只够勉强维持生计，半年之前进的货常常会留在货架上卖不出去。整个镇子都死气沉沉的。在通往学校的必经之路上，烟草店的老头从那须美上小学时起就维持着一模一样的坐姿盯着街道，像一件摆设。不知从什么时候开始，那须美留意到，这是一个人和物都静止不动的地方。电视里瞬息万变的世界让那须美觉得，在这里度过的生活不是自己真正的生活——自己本来可以做出更多改变的，这里的一切都是阻碍。

一天，姐姐鹰子从银行里取出一百万日元递给那须美，对她说，你去东京看看吧。她大概是担心那须美会在这个地方继续烂下去。鹰子还说，店里有自己一个人就行。她把装了钞票的纸袋塞到那须美手上，说："你想去哪儿就去哪儿吧。"那须美当时明明没有哭，可是后来，当她在东京独居，有一天在公寓的厨房里，明明想做什么菜都可以做，那须美却做了一盘煮南瓜——这是小国家餐桌上经常出现的菜式，常常令她忍不住骂一句"怎么又是这个菜"——那须美吃了一口，眼泪就流了下来。

那须美在一家便利店工作。店里的便当在即将过期前就会被丢掉，然后摆上新的，顾客都觉得这理所当然。生产，消费，剩下的东西被丢掉。店门口总是摆着新商品，东西看起来总在一点点逐渐升级，没有什么翻天覆地的变化，每一天的日常生活却在徐徐更新。在这里，时间像是不存在一样，店里无论多晚都亮着灯，上了年纪的人也装出一副年轻的样子。可是，真正的自己不是便利店的货架，老了也没有人给换新的，年纪越大，各种功能也越来越差。尽管知道这是所有生物的命运，但在这座城市却不被允许。直到生出赘肉，皮肤松弛，动作不再敏捷，需要慢吞吞地寻找零钱，这时人们才惊觉，原来不变的只有东京。明明金钱和物质都在不断流动，但缺口总以惊人的速度被填补，所以谁都没有发觉，时间这东西就像不存在一样——东京就是这么一个地方。

当那须美发现自己生病时，她不愿意死在这里。从医院出来，那须美发现路上行走的人都有明确的目的地，她感到震惊。那须美向陪着自己来医院的日出男低声嘀咕："我不想死在这里。"日出男说："我会陪着你，去你想去的地方。"当那须美回忆起这些，她想，自己的人生还是挺美好的嘛。

眼睛已经睁不开了。那须美甚至分不清楚，是不是自己不愿再睁开眼睛。病床被几个人推着，他们跑动的声音听起来非常清晰，护士们好像正在把自己连同病床从四人病房里搬运出来。虽然睁不开眼睛，那须美却能感觉到天花板上的荧光灯，这些灯像是从电车上看到的电线一样绵延不断。她好像能看见护士胸口上不时晃动的名牌，那些熟悉的文字却不再清晰可辨，或者说，那须美已经无法理解那些是文字了。她只知道，没关系，已经不用再扮演任何角色了。自己和那个年轻时曾那么努力寻找却没能找到的"真正的自己"，不久就能相见了——摆脱了这个世界上所有的一切，一个光滑的"自己"，和刚出生时一样，柔软的、能成为任何东西的"自己"。对了，是樱花树上一点小小的新绿吗？那才是真正的我自己吗？

　　遗憾的是，那须美已经认不出来身边都有谁在，但这些都已经无所谓了。她忽然想起了小学生时的自己和鹰子。两人各自买了削铅笔器，手摇的那种。起初只买了一台，可两人经常会为那台削铅笔器属于谁而争吵，于是妈妈给她们又买了一台。然而两人还是争个不停。有一天，鹰子说削铅笔器很像一口井，能转动的把手很像汲水的吊桶，可以用它把装了木屑的塑料盒子拉上来。鹰子于是开始玩"打水"游戏，那须美也不服输地用自己的削铅笔器学着她的样子"打水"。玩着玩着，两人开始为"谁的井更深"而吵了起来。

那须美坚持认为自己的井比鹰子的要深。鹰子说："那我们来比赛吧，把石头扔进各自的井里，谁先说'扑通'，谁的井就更浅。"两人同时扔出了"石头"，可这"石头"怎么也落不到水面，毕竟谁先说谁就输了。那须美逞强不肯开口，鹰子也一样，无论吃晚饭时，还是睡觉前，直到第二天早上起床，两个人都没有说"扑通"。那须美等得不耐烦了，忍不住问鹰子，究竟什么时候才会说。鹰子回答："等到你先说完以后。"那须美说："我死的时候才会说。"鹰子一脸若无其事地答道："那么谁活得更长，谁就赢了。"那须美很懊恼，她大喊："我一定会比姐姐你活得更长。"

姐姐啊，你知道吗？——那须美想说——等到死的时候，输赢已经不重要了。可她嘴里很干，连想要张开嘴都很困难。那须美想：我必须要说啊！趁现在还有意识，也许没人能听得见，但这是和姐姐约好的事。

"扑通。"

那须美察觉，自己就是那块石头。自从和鹰子较劲以来，竟然一直掉落了这么长时间。原以为自己是在向上移动，没想到竟是向下坠落。不，是向上的，她想——水面还远在自己上方。此刻，那须美终于到达了那里，而水面以上是什么光景，她无法想象，只知道光滑的自己正在穿越着，上升着。

"扑通。"

在意识中断前的最后一刻，那须美又喃喃自语了一次。那声音响彻了整个宇宙。

第二章

〇

医院的早晨开始得很早，虽然才六点，便利店的收银台前已经排起了长队。鹰子想让日出男吃点东西，她拎着装有饭团和饮料的购物篮在队伍里等候。

　　那须美的情况急转直下，昨晚九点左右，护士告诉鹰子，如果有最后想让她见一见的人，请联系对方。日出男接到鹰子的电话后开车载上笑子，途中又接上了月美，等到达医院已经十点多了。大家一定都很慌张，谁也没有留意到月美的肩膀上背的不是包，而是清洁值班的牌子。那须美的情况却有所好转，主治医生也说她不太可能马上就需要众人留在身边。年迈的笑子决定先回家。日出男找车钥匙的时候突然惊讶地说："咦？为什么清洁值班的牌子会在这里？"所有人不由得笑了起来。月美说要留在医院，鹰子劝她"明天是你负责清洁值班呢"，她只好不情愿地和笑子一起坐上日出男的车准备回家。临走前，她一遍又一遍地重复着"我明天再来"，一边温柔地抚摸那须美一动不动的手，仿佛那是一只小猫。

一下子所有人都走了，只剩下睡着的那须美和鹰子。鹰子总感觉，那须美会突然醒来，嘴里还说着"吓着你了吧"。但什么也没有发生，只有安装在那须美身上的仪器发出有规律的声响。

鹰子曾经送走过父母，大致知道接下来会发生什么。不得不做的事会像暴风雨一样涌来。不只是事，人也会蜂拥而至，家会变得不再像是家。商店那边想必是要关门的，已经停止采购蔬菜和冷藏食品了。鹰子给日出男打电话说那须美可能快不行了，还嘱咐日出男去联系了供货商。尽管数量不多，但有一个老客户每天都要给附近的咖啡店和餐厅送货，日出男说他会去联系对方。笑子的丧服一定塞在衣柜深处，已经皱巴巴的了，而她肯定会坚持要穿那件，想必又会引发一场争执。守夜的坐垫够吗？还得列出要联系的熟人名单。对了，还有葬礼上的照片，笑着的那张不错。

这些步骤和担心在鹰子的脑海里起起伏伏。只要人还活着，就没办法完全停下来，即使重要的人快离开了，眼前的事也得一件件处理好。真的有人能像电视剧里一样只顾着难过吗？

日出男回来了，鹰子说自己想休息一下，离开了那须美睡觉的病房。她觉得自己待在那里不太好。就算那须美不能说话，她也想让他们夫妻俩能够一起度过余下的时光。鹰子走出房间，已经过了熄灯时间，休息室关门了，她乘电梯下到一楼，来到黑暗中的门诊候诊室，在沙发上坐下，让自己陷进沙发里，闭上眼睛。尽管脑海里浮现的还是那些要安排的事，鹰子大概是累了，还是恍惚沉入了香甜的睡眠。等到醒来时，医院里的便利店已经亮起了灯，正准备开门营业。

昨天日出男被叫过来的时候应该没吃完晚饭，鹰子想给他买些吃的。她把饭团和饮料放进篮子里，在收银台排队时，看见架子上正摆着那须美一直在看的漫画杂志的最新一期。那须美曾经热情洋溢地谈论着那本杂志上连载的一部叫《铁拳制裁》的漫画，只是鹰子完全不明白这本漫画有什么好看的——线条粗糙，男主角是尖下巴，大大的字体写着夸张的台词——这些都不符合鹰子的口味。那须美却说："死倒没什么，但是看不到接下来的情节，还是挺遗憾的。"

鹰子走出队伍，把那本杂志放进篮子里。当她准备再次回到队伍中时，口袋里的手机振动起来。是日出男打来的。

"那须美的呼吸不太正常，我叫了主治医生过来。好像很严重。"像是为了表达得准确些，日出男说得很慢，像传话游戏一样慢。

"知道了。"鹰子挂断电话，到了柜台前就从钱包里取出收银员报出的数目，把交过来的塑料袋抱在胸前，有些踉跄地穿过走廊。她回到病房，看到刚才还安安静静的房间里，主治医生和护士正在把仪器从那须美身上卸下来。日出男在角落里看着，他看见鹰子，说："小鹰，对不起，那须美好像走了。"

主治医生也留意到鹰子，他一脸严肃地说："死亡时间是六点零八分。"

他深深向鹰子鞠躬。护士们也赶紧停下手里的活儿，同样低下了头。

"真的就在刚才。"

日出男一脸歉意。就晚了三分钟——鹰子想——如果不买杂志，也许就能及时赶到了。她觉得自己很蠢，错过了这样关键的时刻。

"小月和姑婆呢？"鹰子问日出男。

"情况突然变化的时候我打了电话。小月说会坐出租车来，让姑婆在家里等着。"

"是啊，这样更好。"

最后一根管子从那须美身上拔出来，护士说接下来要整理遗体，两人被请出了病房。鹰子和日出男坐在走廊的长椅上，副护士长走过来，问他们是否要送那须美回家，还是想直接送她去葬礼会场，如果是后者，可以联系殡葬公司。她说："如果还没定下殡葬公司，可以为你们介绍一家。"鹰子想起笑子姑婆曾说过想委托认识的殡葬公司，但她不知道具体是哪家，于是决定先带那须美回家。用普通的汽车运送过世的人是违法的，医院告知他们需要联络一辆搬运车。鹰子打了副护士长给的联系电话，订了一辆车。她回到房间前的走廊，看见日出男正在把一些零零碎碎的东西装进袋子里，准备随时拎着就走。日出男看到了鹰子，他一边梳理因为通宵看护而有些凌乱的头发，一边说"我去买饮料"，便出去了。鹰子感觉自己的大腿在发热，她低头一看，手上还挂着刚才在便利店买东西时的塑料袋，里面是她为日出男买的一罐热咖啡。鹰子呆呆地坐下，却看到日出男嘴上说着出去买饮料，结果两手空空地回来了。

"那须美的遗像用哪张？"鹰子问。日出男打开手机，开始找照片。突然，他看起来像是被什么东西堵住了喉咙，随即走开了。鹰子想，日出男也和自己一样，没有来得及获得一点时间，用来慢慢悲伤。

鹰子回到病房，看见那须美安静地躺着，护士正在帮她擦拭脸和身体。她换上了新的睡衣，脖子上针眼的痕迹已经肿成了紫色。那是将什么东西强行注射进那须美的身体时留下的痕迹。事到如今，鹰子觉得这不是为了那须美，而是为了活着的人，她感到很抱歉。

等月美来了，就带那须美回家吧。在这之后，将有无数忙得不可开交的日子等着自己。在那之前，还有件必须要做的事，要把自己在便利店买的杂志读给那须美听。

"哗——哗——正在燃烧，生命正在燃烧。噗咻咻——一旦突破这里，又会有什么呢？我不知道。走吧，是啊，必须要走了，我们只能继续前进。噗咻——噗咻——噗咻——"

这讲的是什么？鹰子没看过这部漫画，完全无法理解，但她读得很认真。她以前听说过，人是逐渐死亡的，即使心脏已经停止跳动，耳朵却还能运作几分钟。鹰子一边读，一边哭了起来——就把这个时间，完完全全用在那须美身上吧。如果这个瞬间能够停驻下来就好了。

"噗咻咻——"

鹰子像唱童谣一样，把每个字都念出声来。

第三章

○

月美钻进被窝，却久久难以入睡。那须美身上的管子所连接的仪器发出的"哔哔"声，至今还在她耳边回响。丈夫睡在身边，头顶的电灯罩是熟悉的形状，自己身上的被套图案和丈夫的一模一样——明明是和平时一样的夜晚，一切却都像是虚构的。自己真的嫁了这个人，住在这个家里吗？

　　那须美的情况稳定下来，月美回到家，发现丈夫已经睡着了，房间里漆黑一片。她打开餐厅的灯，看见餐具一片狼藉，仍放在月美做完饭时所放的地方。显然，丈夫懒得把餐具拿到水槽里。剩下的菜也没有罩上保鲜膜，已经干了，看起来难以下咽。月美把剩菜扔掉，把沾满酱汁的餐具洗干净，清洗水槽，为洗手间和盥洗室换上新的毛巾，把今天多出来的垃圾清理干净，等到终于能够洗澡，已经是凌晨三点半了。

　　这种时候，丈夫却在旁边睡得很香。那须美是自己的姐姐，对丈夫来说算是陌生人，即使听说她病危，也能睡得着吧。月美知道，自己不应该被这些事冒犯到，虽然心里明白，但她总觉得难以接受，觉得丈夫令人憎恶。别人总说他们夫妻俩很相像，她自己也这么觉得，现在月美却感觉像是遭到了背叛。

　　月美想，早知道这样，她应该留在病房里。丈夫正使劲打着鼻鼾，像在说"是啊，是啊"。尽管那须美被拴在仪器上的样子很痛苦，看的人也很痛苦，但月美还是宁愿待在病房里。这里虽然是自己的家，一切却都像假的，让她感到不舒服。

　　月美听到丈夫健康的呼吸声，心里乱哄哄的——总有一天，这有规律的声音也会停下，我们甚至不知道那一天会在什么时候到来。这世界上根本不存在"没事了"这回事。

　　唵　啊日罗　驮罗嘛　纥哩库　娑婆诃

月美忽然想起这句话，这是笑子姑婆教给自己的经文，或者说是咒语，她说这是千手观音的真言，意思好像是"希望众生幸福"。

那须美听到这话时很愤怒："什么？也就是说我讨厌的家伙也会幸福，这不是件坏事吗？"

月美也有同感。自己讨厌的人也就算了，讨厌自己的人居然也要幸福，这怎么也说不通嘛。

然而，那须美似乎先于她有所领悟，当月美抱怨丈夫的母亲对自己有多刻薄时，那须美说："不如念念笑子姑婆教的咒语吧，念一遍，会轻松很多。"但月美心想：我才不会祈求婆婆幸福呢。

"就当是骗人的，念出来试试。念着念着，就会觉得不——过——如——此——啦。"那须美说这话时刚经历了第一次住院，她的手术很顺利，出院后正狼吞虎咽地吃着蛋糕和饼干。月美以为那须美已经完全恢复了。

月美说："我可不像姐姐你，得过癌症所以才那么达观。"

"总之先说出来，心里不这么想也没关系。说着说着你就会觉得，这样也不错。"

月美不相信那须美说的话，也没有别的办法来抵挡婆婆的骚扰，只好试着像那须美教的那样念出"咒语"。可光是想象婆婆中彩票大笑的情景，月美的心里就涌起一股怒火，怎么也念不出口。

直到那须美决定第二次住院，月美才能念出这句话，她从没想过那么健康的姐姐居然会遭遇癌细胞转移。

"请救救姐姐。"月美希望有人能听到这个愿望。她想：就算这个咒语能同时让婆婆幸福，也没关系。就让那些不喜欢我的人也变得幸福吧。如果只有通过祈祷才能让姐姐得救的话，我很乐意衷心祝他们幸福。

　　唵　啊日罗　驮罗嘛　纥哩库　婆婆诃

无论晾衣服、擦洗厨房水槽还是清理浴室排水管入口处积聚的头发时，月美总是念念不忘"咒语"。

等她意识到那须美再也不能恢复到从前那样时，就念得越来越少了。月美觉得，对一个必死无疑的人抱有这样的希望或许就是徒劳无用的。如果自己得了那样的病，绝不会再感到幸福。自己只会害怕生命的终结，后悔的念头会一个接一个地冒出来：早知道当初就该这样做，好想去做那件事啊……无法平静下来。但另一方面，月美也会松一口气——就这样结束了吗？当她日复一日理所当然地重复着家庭主妇的工作，有时候也会希望一切都能结束。

比如有时月美忘了开洗衣机，而丈夫总在这时才说自己要出差，如果没有替换的内衣他就会生气，边生气边问："我的药呢？"月美没办法，只好克制自己的怒气，为他找止泻药。这时兼职认识的朋友打来电话，开始聊些无关紧要的事，月美担心对方之后会在职场上找自己的麻烦，只好一直不挂断。丈夫看到后更加生气了，明明没有拉肚子，却不住地冲她喊着："我的药呢？"为什么连这么重要的东西放在哪里都不知道，却还能这么自以为是呢？丈夫不知道，月美并不是为了她自己才一直不挂断电话。打来电话的是职场上第二有权势的前辈，如果冒犯了对方，会很麻烦，因此月美只能在电话里附和着赔笑。如果她丢掉了现在的临时工作，房子的首付款就更拿不出来了。丈夫对月美因为兼职而推迟晚饭一事感到很不高兴，尽管这种事每个月只会发生几次。他认为月美是为了她自己开心才工作的，可这么多年来，月美从来没有为了自己做过什么。丈夫、婆婆和朋友们都不知道她有多努力。无论时间还是金钱，月美从来没有在自己身上花费些什么。就算有空余，她也觉得不能浪费在自己身上。这种感觉该怎么形容呢？月美觉得，只有自己总是在空转。如果现在忽然有人告诉她："喂，你的人生就到此为止了。"那该有多轻松啊。想到那须美，月美不敢把这种话说出口，但她觉得自己就像一块小小的肥皂，正在不停消耗自己的人生。

　　月美不想继续躺在被窝里，就起来了。她换好衣服，把手机和钱包塞进口袋，走出家门。

　　多少年没有独自一人走在昏暗的柏油路上了？才

走了几分钟，却觉得自己已经离家很远。月美没有地方可去，姑且朝着这个时间还在营业的便利店走去。走在尚未破晓的清晨小路上，前方出现了孤零零的方形黄色灯光。月美走近了，看到那方形的光上写着"我"。应该是小酒馆之类的招牌。"我"这个字扭曲着，显露出几分性感，招牌上还画着一个吻痕和一个酒杯。

月美心想，自己离开家，目的地是"我"，虽然是巧合，却似乎很有意义。真正的"我"就这样孤零零地存在于一个无人知晓的地方，陷入迷失。还管什么"所有活着的人都幸福"，自己已经筋疲力尽了，还要为别人而活吗？

就在月美这样想时，她仿佛忽然看见一个明亮宽敞的阳台，在阳台上，那须美和自己坐在白色的椅子上喝着茶。阳台正对着爱琴海。那须美扭头看着月美，笑着说："你真笨。"

"所谓活着的人，你自己也在其中呀。"月美"咦"了一声，便回到了原来的路上。她从来没有和那须美去过爱琴海，怎么会知道刚才看见的地方是爱琴海呢？

　　月美向前一看，写有"我"字的招牌刚刚熄灭。一位中年女性出来关上店门，将拔掉电源的招牌拖进店里。月美环顾四周，太阳已经开始升起。

　　她呆呆地站在原地，口袋里的手机开始振动。是日出男打来的。月美忽然明白了：啊！刚才是那须美来向自己道别了。

　　"对不起，之前让你回去了，可是那须美的情况突然恶化了。"明明不是他的错，日出男的语气却满是歉意。他告诉月美，医生到了病房，那须美可能不行了。"我马上就去。"月美说着，挂断了电话。

　　眼前已经没有写着"我"的招牌了。月美一时有些搞不清楚，写着"我"字的招牌是否真实存在过。她紧握口袋里的手机，开始向丈夫睡觉的房子走去。是啊——她想——二姐说得没错，并不是独自一个人才是真正的我，我是"众生"中的一个人。有丈夫，有婆婆，有大姐，有二姐，有二姐的丈夫，有在自己出生前就存在的姑婆，有我。不久之后，我的孩子也会来到这个世界吧？二姐，这就是你想说的，对吗？
月美用尽全力走着，一边在心里反复追问。像是要回
答她的问题，口袋里的手机如同活物般颤抖起来。

"念一念经文吧，念出来就会轻松了。"

在月美的记忆里，那须美的声音十分平静。原来
二姐从那时起就已经察觉了自己的幸福。愿众生幸福，
希望每个人都能幸福到最后一刻。也许到了明天，自
己的想法又会改变，但是——拜托了，拜托了——月
美此刻打心底里这么想。

心中的爱琴海吹拂过海风，月美确信，二姐的离
开，也是对众生的祝福。月美为是否要掐断电话而犹
豫了片刻之后，接起了电话。

第
四
章

主治医生深吸了一口气，站在他身旁的日出男也感觉到了。接着，像要把吸进去的气都吐出来一样，他说："六点零八分。"这是一位年轻的医生，三十出头的模样，他瞥了一眼手表——那是一块与白大褂不太相称的运动手表，袖子里露出的皮肤颜色黝黑，像冲浪时被晒伤了一样。那须美曾说，这位医生很像是会出现在可口可乐广告里的那种年轻人。这位气质爽朗的医生彬彬有礼地向日出男鞠了一躬，日出男也急忙向他鞠躬回礼。

　　那须美走了，偏偏是在只剩自己一个人的时候，日出男感到很愧疚——就在几小时前，家人们还都到齐了，但是听到医生说那须美已经好转，自己也以为她能再撑几天，便让其他人都回家了。那须美如果知道了这事，一定会生气吧？日出男下意识地缩了缩身子。然而，本应生气的那须美已经去世了，想到这里，他又感到无助。日出男拿出手机——总之，得再给家里人都打个电话，告诉他们那须美去世的消息。

　　与此同时，护士们正把机器从那须美身上卸下来。主治医生打开门准备离开时，接到消息的鹰子正慌忙走进来，日出男不由自主地朝她道歉。主治医生又说了一遍"去世时间是六点零八分"，然后低下了头。这是第二次，在日出男看来，他的动作带了些表演的成分。鹰子看向日出男，日出男点点头。鹰子再次将目光转向床上的那须美。和那须美没有了呼吸这件事相比，鹰子更震惊于护士们卸下机器的场面，她怔怔地盯着忙碌的护士们。

　　日出男什么也无法思考，只是站在房间的角落里看着。在他眼里，正在工作的人仿佛都是一个个字母。每天早上，一个矮个子护士会悄悄把医院早餐发的面包片在什么地方烤过，再拿给那须美，可能因为她的体形是横向扩展的，在日出男看来，就像"み"这个假名[1]。当他告诉那须美时，那须美开心地夸他形容得好。她笑着说："她梳着丸子头，像'み'字的圆圈一样垂下来呢。"那须美还说，高个子的副护士长总是忙忙碌碌，啪嗒啪嗒地走来走去，所以叫"夕"——的确，她走路的样子有些像正往前冲的"夕"。瘦瘦的男护士是"す"。因为有次他和日出男闲聊时，说起自己每天早上为了健康都会喝醋[2]。男护士在这家医院里很少见。日出男一本正经地解释，"す"这个圆圆的地方就像男人那话儿一样，所以叫他"す"很合理，那须美大笑起来："从整体比例来看，也太大了吧？"

　　看着"み""夕""す"在病房里进进出出，这似乎成了每天早晨一成不变的风景。然而那须美这个字母突然消失了，其他的字母们仿佛也断掉了连接。在日出男看来，这景象变得与自己再无关系。

　　那须美的字母是片假名"ガ"。"勇气"的"ガ"，

1　日语的表音文字，在现代日语中分为平假名和片假名。
2　醋在日语中的发音为"す"。

"加油"的"ガ"，是那须美的口头禅"真让人失望"的"ガ"[1]。是她最爱吃的海带零食的"ガ"，是空白画纸的"ガ"。是任性的"ガ"，无用之物的"ガ"。是她明明没听过，却说"我可能喜欢这个人"的 Lady Gaga 的"ガ"。是乐器的"ガ"，虽然从来没见过她弹奏或吹奏什么乐器，但那须美本身就像一种乐器。她高声大笑，低声怒吼，用缓慢的节奏安抚他人，认真说服别人。在日出男的脑海里，那须美笑着转过身来。

"你忘了最重要的，是癌症的'ガ'呀。"

那须美说，如果自己是"ガ"，那么日出男就是片假名"キ"。

"有种插入大地的感觉。"

那须美这样说，但日出男不太理解。用那须美的说法，日出男是一个反应相当迟钝的人，到一个陌生的地方，也能过上理所当然的生活。那须美很佩服他能轻松把自己这根棍子插在陌生的土地上，就像一直

---

1 前文和后面出现的词语发音里都包含假名"ガ"（ga）。

生活在这里一样。每次她这样说，日出男都会说："我可没想那么多。"

把人比作字母的游戏是那须美先开始的。如果说日出男是"キ"，那么两个人加在一起就是"小鬼"[1]一词了——那须美一边说，一边非常满意地将身体缩进廉价沙发里。那时两人还住在东京。日出男想，当时他们两人居然能在纸箱似的小房子里过活呢。他们没有孩子，也没有成为公司的正式员工，与其说是夫妻，倒更像是朋友、兄妹或者婚外情的情侣。两人过着不像是夫妻的生活，彼此之间没什么责任感，只做那些自己想做的事——尽管没有事先商量过，但无论年轻时还是现在，两人都是这么想的。那须美说："我们都还是孩子呢。"也许吧——日出男也这么想。他觉得，自己在那个纸箱似的房子里像流浪猫一样生活时，才最像是自己。日出男是四兄弟中最小的一个，哥哥们各自都结了婚，有了家庭和孩子。日出男没有这些，

1　小鬼一词发音为ガキ（gaki）。

过着随心所欲的生活。但是自从遇到了那须美，他便不再四处游荡。那须美成了他的归宿。

那须美离世了，日出男不知道以后该把那些搜集到的"ガ"放到哪里去。他以为自己已经做好了准备，渐渐放弃了许多想法——想让那须美再做点什么，想再听听她的声音之类。但是该如何处理那些无法用语言表达的、只有自己才拥有的与那须美有关的形象呢？他从没想过这件事会给自己带来这么大的困扰。或者说，没人告诉过他当一个人死后会发生这种事。也许印象的集合就像碳酸水，如果放任不管，气泡便会消失在空气中，变成普通的水。在日出男看来，那须美的一切好像都变成了没气的气泡水，这令他感到焦躁不安。

走出房间，日出男看见自己和那须美命名的"ヨ""お"和"ケッ"坐在休息室里，却没有聊天，只是双目无神地看着电视。中年"サ"推着装早餐的银色箱子，"P"的胸部仍然很大，圆珠笔从胸前的口袋里闷闷不乐地探出头来。

即使"ガ"消失了，世界仍在如常运转。日出男想从自动售货机里买一罐常喝的咖啡，却没带钱包。他站在售货机前，心不在焉地看着买不到的饮料，刚才在休息室里遇见的老人友好地低头与他擦身而过。日出男想不起来那个人是"ヨ"还是"お"了，应该不是"ケッ"，他不太确定。

日出男发现，那须美不在了，这些称呼也就没有意义了。再也没有一个人在看到自己时会想到"キ"这个字母，那自己究竟是什么呢？插在大地上的"キ"——如果没有那须美，世界上根本不存在这种东西，现在的自己，感觉就像是棍子被拔走后留下的一个洞，洞虽然还在那儿，但实际上是空的，什么都没有了。一切都像不曾存在过——自己工作的那家可以看到富士山的超市，睡觉、起床、吃饭的家，就连每天来吃便当的这家医院也是。

日出男放弃了买罐装咖啡的念头，他走回去，看见鹰子抱着自己的包，坐在病房前的长椅上。鹰子说，护士们正在为那须美做清理工作，他们不能进去。

鹰子一边把包递给他，一边问："该用哪张照片？"

日出男花了一点时间才反应过来，她说的是要用在葬礼上的遗照。

"有适合的照片吗？"

鹰子问道。尽管日出男的手机里全都是胡闹着拍下的照片，他还是打开相册，想看看有没有能用的。因为那须美本人不愿意，所以在病房里一张照片都没拍过。他一边思考，一边翻阅着数量庞大的照片。忽然，熟悉的病房出现在其中。那须美没有化妆，穿着医院发的粉红色睡衣，皮肤还很有光泽。时间应该是初夏吧？茶几上放着三个桃子。这是一段自拍的视频，是那须美在日出男不知道的时候拍的。

日出男不想让人看见自己因为照片而流泪，所以悄然从鹰子身边走远了些。他急于看到那段视频。

液晶屏幕里的那须美说了一声"嗯"，然后停顿了一下，突然说："我觉得日出男应该和平假名'と'那样的人结婚。"

"就像'と'一样，张嘴大笑的女人。你们还会生孩子嘛，就像小片假名'ッ'一样的孩子。'ッ'，像是把头发扎成一个小辫子，像谷亮子[1]那样。你们三个加起来，就是'一定'[2]。和我在一起的时候，你还是个'小鬼'，可以后啊，你会变成'一定'。但你其实还是个孩子啊，不用勉强自己，你就像一根棍子，不喜欢了就拔出来，想带去哪里就带去哪里，继续你那孩子一样的生活吧。再见啦。"

视频突然结束了。在那须美的呼吸停止的时候，日出男没有哭，但是视频停止的那一刻，日出男的眼睛里却充满了泪水。录视频的时候，那须美应该还很想活下去，但她自己知道，可能没希望了——在疼痛、痛苦、孤独和不安无助的时候，她为日出男考虑着接下来的时光——日出男想到这里不禁泪流满面。

手机响了，他平静下来，接起电话，是还在家的笑子姑婆打来的。也许是因为独自在家感到不安，笑

---

1 日本著名女子柔道运动员，在头顶梳一个小辫子是她的标志性发型。

2 "一定"一词发音为キッと（kitto）。

子姑婆说自己也要去医院。

"就算您现在过来，这边也没什么事了。"

明明是在医院，日出男讲电话的声音却很大。鹰子听到这个声音就知道是笑子姑婆打来的电话。她走过来，从日出男手里抢走手机，也大声喊着说话："姑婆？"

"我们决定带那须美回家，是的，我们可以在家守灵。好，就这么定了。"

鹰子的声音很坚决，脚下的袜子却穿反了。这不像是鹰子，她总是很整洁。

"姑婆，别哭，没人会这么想的。"

笑子姑婆一定正在电话那头念叨着为什么不是年迈的自己先走一步。

"姑婆，你认识的殡仪馆老板是哪家？嗯，嗯。能联系上吧？好，那就交给你了。"

日出男看着鹰子穿着一双里外翻转的袜子站在那里，觉得自己也不能一直消沉下去。

正在打电话的鹰子手里拿着那须美一直在看的漫画杂志。封面是那须美喜欢的角色，那是个肌肉发达、不断战斗的主角，与日出男截然相反。

来吧——日出男想，让我们先来把空洞盖上，就像给碳酸水塞个软木塞一样，趁着对那须美的印象还没消散在空中。

日出男在心里想象自己是肌肉发达的主角，举起一根被拔出来的"キ"形状的粗重棍子，"砰"的一声把它塞进那个空荡荡的洞里——在那须美生活过的地方，我会继续活下去。

就在此刻，身后响起掌声。日出男吓了一跳，他回头，原来是有人要出院了。只见一位中年女性手里捧着一小束花，正在和照顾过她的人依依不舍地握手。

日出男看到这里，想起了一件自己必须要做的事。

"我去给那须美办出院手续。"日出男说。鹰子听了喃喃自语："对啊，是出院了。"

日出男这次没有忘记钱包，他走向医院的结算处。穿过鼓掌的人群时，他仿佛看到了那须美的脸，嘴里说着让他想去哪儿就去哪儿，同时却在祝福日出男回到原来的地方。也许，这才是那须美的真心话。

　　看着即将出院的人们脸上灿烂的表情，那须美经历过的疼痛、痛苦、孤独和不安也已经结束了，日出男仿佛读到了长篇漫画的最后一页。

　　"那须美，恭喜你出院。"他试着说出与最后一集相称的台词，"现在你可以想去哪里就去哪里了。"

　　但日出男知道，那须美最喜欢的是富士超市那满是灰尘的收银台，是笑子姑婆编织的、起了毛球又品位不佳的毛线坐垫，是龙头漏水、不太好用的厨房水槽……这些也都是日出男不想失去的。他想，和谁一起生活，不就是这样吗？这时，那须美低沉而戏谑的声音在他的脑海中回荡。

　　"讨厌的'キ'。"

　　太好了，那须美还没有消失。也许有一天她终会消失，但此刻她还在这里。

　　日出男就像漫画最后一集里的主角一样，为了把那须美从医院这座高塔里解救出来，朝着长廊尽头的光亮走去。

第
五
章

时钟显示七点十八分。说起来七月十八日是那须美的生日呢。但家里只有笑子自己一个人，她不能跟其他人分享这个巧合。笑子有点难过，四处寻找有没有吃的东西。她什么都没找到，只好吃了一块供奉在佛坛上的豆沙团子，团子已经变硬了。甜味在嘴里扩散开来，笑子的心情稍微平静了些。她把假牙咬不动的豆子在嘴里分类，又逐一吐出来，忽然想起了那须美还在母亲肚子里时发生的事。

那天，笑子正和那须美的母亲和枝一起在厨房里剥豌豆。忽然，和枝说起自己准备在邻镇的一家妇产医院分娩。笑子停下了手里的活儿说，大女儿鹰子出生时，是请产婆来家生产的吧。尽管这在当时已经很少见了，她却以为这次也是一样。笑子有些不满，去医院要花不少钱吧？

"可是上次那个产婆，明年就要八十岁了。"和枝一边说，一边把剥好的豆子摆放平整。她见笑子不出声，又说道："现在没人请产婆了，我觉得还是去医院生更好。"

在一堆剥开的豆荚堆成的小山里，笑子发现了一个硬硬的褐色豆荚。即使剥开了，里面也不可能有光滑的豆子，所以它直接被扔掉了。笑子强行剥开了这个豆荚，三颗小小的黑色豆子粘在里面，笑子还是把它们扔掉了。

笑子是和枝丈夫的姑姑，她结过一次婚，但因为和夫家人处不好，半年后被送回娘家。她无处可去，留在了由跟她差了好多岁数的兄长接管的娘家居住。笑子把豆荚用报纸包好，起身准备扔掉。

她说了一句讨人嫌的话："真是对不起，我一个没生过孩子的人多嘴了。"

也许是为了让闹脾气的笑子开心起来，和枝请笑子给即将诞生的孩子取个名字。她这样提议，大概是因为大家同住在一个屋檐下，不想留下疙瘩。笑子坚持提议"那须",这让和枝很为难。丈夫有三也说:"当然不可能。"但笑子却没有让步的意思:"我们家在富士山脚下做生意,长女叫鹰子,下一个孩子一定得叫那须。"[1]笑子与和枝的这场攻防战持续了相当长一段时间,直到有三提议:"不然就叫那须美吧。"笑子才勉强答应了。

那须美这孩子比看起来的要沉,抱起她的人起初多半会觉得惊讶。笑子常说,如果把她扔出去,肯定能飞得很远——正像她说的,那须美毕业后在这座小城工作了一段时间,之后就离开了家。

和枝去世时,那须美还在上中学,她已经厌倦了这个地方,讨厌自己住的地方和家里的商店,经常跟和枝吵架。尽管和枝生病了,固执的那须美却不是那种能突然就对母亲好声好气说话的人,所以在病房里她们也常会大声争吵。和枝经常说,她最担心的就是那须美。

---

[1] 日本从江户时代流传下来的吉兆,新年做的第一个梦如果能梦见富士山、鹰或茄子即预示好运,"那须"与茄子同音。

也许她心里真的是这样想的。有一天，和枝从枕边的抽屉里拿出一枚钻戒，拜托笑子——如果那孩子将来有什么事，就把这个交给她。那是一枚白金戒托的爪镶钻戒，镶着一克拉左右的钻石。和枝说，因为差一点才到一克拉，所以买的时候降了价。想给未婚妻买钻戒的人肯定都会选一克拉的，毕竟比零点九克拉要好听。所以，这种都是剩下卖不出去的东西——她温柔地抚摸着戒指这样说道。这不是有三送的，好像是她单身做文员时，从公司常常来往的供应商那里买的。

这是和枝唯一一件值钱的东西。家里人都知道和枝有多宝贝它。

"虽然有点对不起鹰子和月美，但我最担心的还是那须美。"和枝说。

"要是她们知道戒指给了那须美，可是会吵架的。"笑子担心地说。

"不要紧。"和枝笑了笑，说，"因为我已经告诉大家，戒指弄丢了。"她把戒指戴在手上，手指比以前更细了，就像小孩子戴着戒指一样。看着戒指，和枝叹了口气："那时候我拼了命都想要的，就是这种东西吗？"

现在，更想要别的东西吧？笑子问不出口。她把戒指收好，离开了病房。

和枝去世后，笑子好几年都没能把戒指送出去。听说那须美要去东京，她想，要给的话就是现在了。

大家都睡着以后，那须美一个人坐在檐廊上，看着花园喝着啤酒。笑子去完厕所，看到了这一幕。她急忙回到房间，拿出和枝的戒指，走到了檐廊上。

"姑婆也想喝吗？"那须美端来了笑子的杯子。两人喝着啤酒，笑子取出戒指，把和枝拜托她的事告诉了那须美。

"我不要，怎么能只给我一个人。"

"我也不知道为什么，你妈妈拜托我的。"

"我不要。"那须美很坚持。

戒指在那须美和笑子之间来回推让了一阵子。最后，那须美生气了，她抓起戒指，朝夜晚的花园扔去："说了我不要！"

扔完之后，那须美一动不动地凝视着黑暗的花园。笑子从厨房拿着两个手电筒回来，看见那须美已经下到院子里在找戒指。笑子默默把手电筒递给那须美，自己也找了起来。本来熟悉的庭院，在晚上就不一样了。她们像是站在一个完全陌生的地方，周围一片寂静。笑子伸直腰，回头看见那须美在哭。和枝去世的时候，那须美一次也没流过眼泪，却在寻找和枝的戒指时哭了。不知道该对那须美说什么，笑子只好说："你还有个妈妈疼你，真是谢天谢地。"

"干吗说这种无聊的台词啊？"那须美大哭起来。

"我没读过几天书，哪里知道这种时候该说什么好。"笑子骂道。

那须美轻声喊道："找到了！"她手握戒指，伸向夜空。房间里的光线反射回来，钻石就像那须美指尖上的水珠，看起来仿佛指尖流出了眼泪。笑子不由得喃喃说道："好像你的眼泪。""我不是叫你不要说这些无聊的台词吗？"那须美的声音是与刚才不一样的平静，她微微笑了。

那须美生病从东京回来时，戒指只剩下了钻石。那须美在摔断门牙时因为缺钱，只好以四万八千日元的价格卖掉了白金的戒托。可是那须美说，钻石无论如何也不能卖。

"当铺的老头说只值六万，六万啊，妈妈那么看重的东西，他肯定是看我缺钱，想要坑我。"说着，那须美打开带走戒指时用的那个圆柱形胶卷盒，拿出仅剩的钻石。她原本把钻石藏在自己从小学就开始用的桌子里面。她担心自己去世后，如果在这样的地方发现母亲的钻石，鹰子和月美会不高兴，于是偷偷跟前来探望的笑子商量。

"没事，她们会觉得是你偷拿的。"听到笑子这么说，那须美用凶狠的目光看着笑子，低声说："我没偷。"

"那有什么关系？都是你死后的事了。"那须美闻言又目露凶光，她盯着笑子又说了一次："但我没偷。"

"那你打算怎么办？"

"是啊……"

那须美哼了一声，望着远方："姑婆，你能帮我个忙吗？"她拿出记事本，撕下一页。

"你还记得厨房里有根柱子吧？挂着日历的柱子。"

"嗯，有的。"

"你能用记号笔在上面画一只眼睛吗？"那须美画了一只杏仁形的眼睛，里面有一个圆圆的瞳仁，上下都画了睫毛。

"我想请你帮忙用刻刀在眼睛上挖一个圆锥形的洞，然后用强力胶把钻石粘上去。"

她一边说，一边在瞳孔处画了一个箭头，写上"钻石"。

"为什么？"

"这是窗户。"

"窗户？"

"是的。连接这个世界和另一个世界的窗户。妈妈可以从那里俯瞰厨房。我死后也可以从那里看到有谁在厨房里做饭。"

　　笑子完全听不懂那须美在说些什么。不过她还是收下了纸条，问清了钻石在哪里。

　　"你要保证，在我死之前一定要做好哦。"

　　笑子吐出豆大福里的最后一颗豆子时，想起了和那须美的"钻石约定"。那张纸条去哪儿了？她翻开自己房间里闲置的几个环保袋，从心形图案的包里找出那须美画的纸条。她从那须美的房间里找到了钻石，又找到了一个安全的踏脚凳，本来她还想找一把刻刀，但是一直没有找到。她忽然想起店里还有卖剩的，就去取来了。笑子踩上凳子，在柱子上方挖了个眼睛。照那须美说的，还画了睫毛。那须美说要把钻石当作瞳孔，所以她画的眼睛非常小，不说就看不出来。把摊开的工具都收起来后，笑子犹豫了一下，把那须美写的纸条撕成小块，扔进垃圾桶，销毁了证据。然后她又一次抬头，看着自己在这根柱子上所做的工作。柱子上的眼睛就像那天晚上两人在院子里找戒指，那须美尖叫着"找到了！"时指尖上闪闪发光的水滴。

　　那须美正在哭呢，笑子想。就像那次一样，在轻轻地哭，眼泪不是因为悲伤，而是充满感激，为一起活着的喜悦而哭泣。活了七十多年，总能明白这一点，所谓的生活在一起，就是这么一回事。

　　想到不久的将来，自己也会从柱子上的眼睛里往这边看，笑子觉得，死也没那么糟糕。

第六章

"喂，你听说了吗？"

曼波一进门就说道。

清二停下正给客人刮胡子的手，回头看见曼波并没有坐在等候用的沙发上，而是站在那里挑选杂志。曼波是清二的初中同学，头发已经有些许花白，继承了老家的小饭馆，让员工称自己为"老板"。

"小国好像死了。"

曼波找到了最新一期的漫画书，他陷进沙发，一边翻页一边说。

清二继续工作，但脑子里想的是小国，小国，啊，说的是小国那须美啊。

"怎么回事？"

"据说是今天早上在医院去世的，可能是身体哪里不好吧。"

"太突然了。"

清二的语气里满是难以置信。正在刮胡子的客人老头也说："啊——是那个什么都卖的店里的女孩啊，还那么年轻呢。"他叹了口气。

"今晚守灵，你要去吗？"

"你去不去？"

"我？我跟她们家有生意往来，肯定要去吧？"

也不知道她是什么时候住院的，住了多长时间。难道住院的时候已经太晚了吗？清二想，现在想这些也没用了。

"是不是得了癌症？"

"就是得了癌症吧？"

曼波的语尾略微上扬，轻松的语气让清二有些生气。

"对了，你不是还跟小国交往过吗？"

听到曼波的话，清二感觉体内有什么已经遗忘的东西在倒流。刮完胡子的老头肯定正在热毛巾下偷听他们的对话。

"你初中不是还和小国离家出走过吗？"

曼波还在继续这个话题，清二担心妻子利惠随时都有可能买完东西回来。

"没有。"他否认道，声音不大，但语气很坚决。

"我可是直接听小国说的，你们本来打算一起离家出走，但是你这家伙搞错日期，你们俩吵了一架，最后不了了之了。"

清二在初三寒假时的确准备和那须美离家出走。但他并没有搞错日期，是那须美没按约定的时间赴约。应该说，是清二被爽约了。事后他想，自己应该是被甩了。新学期一开始，人人都知道了他们离家出走未遂的故事。

那须美解释说，她主动提出离家出走，临到最后一刻却没赴约，是因为做牡丹饼做得太累了。清二责备她："这种事应该提前想到啊。"对方反倒生气了："人手不够，太忙了嘛，怎么可能离得开店里呢？"

那须美家经营一家小杂货店。因为车站前开了大型超市，她家的店随时都有倒闭的危险，但因为笑子姑婆亲手做的牡丹饼很受欢迎，店铺至今还在营业。清二听那须美说过，特别是到了彼岸节[1]、盂兰盆节、新年等日子，全家人要一起上阵制作牡丹饼。

那须美说她家布置的圣诞树会在树枝间塞上大量棉花，那些都是重新打棉被时淘汰下来的旧棉花，不仅颜色发黄，质地也很厚重，看起来一点儿也不像雪。这样的棉花之间会密密麻麻塞进各种东西——小小的大黑天[2]、年糕花、橘子等等。

她一脸认真地看着清二抱怨："太可怕了。在那么俗气的家里过圣诞节，真是悲哀。"因此，当说到要去东京看看真正的圣诞树——用那须美的说法，要去看那种需要抬头仰视的圣诞树——两个人都很兴奋，还说既然都去了，那就不要当天往返，而是花上三天时间去看看涩谷、原宿、青山、筑地、浅草等地方。出发时间是不是要定在寒假？寒假的时间够不够？说不

1　彼岸节，指以春分或秋分为准，前后为期一周的时期，日本民众在此时进行扫墓，为已故亲友祈祷。
2　大黑天，日本佛教的七福神之一，开运招福之神。

定还能直接在东京住下？两个人都商量到这个份儿上了。所以面对突如其来的爽约，清二无法平息自己的怒火。

两个人后来再也没说过话。不知怎的，有传言说是清二搞错了离家出走的日期，两人吵了一架才分手的。清二当时很生气——那须美那家伙在到处乱说什么呀？等到毕业时，他才发现这是那须美特意想出来的办法，大概是为了不让其他人觉得清二是被甩的那一方。那须美就是这样的女孩。

"如果你没搞错日期的话，你就是那须美的老公了吧？"

曼波从漫画书里抬起头说道，像是也正在脑海里搜刮着关于那须美的记忆。

妻子利惠回来后，曼波不再谈论和那须美有关的话题，转而聊起了最近痴迷的苔藓栽培。清二担心那位年老的客人会不知趣地说些什么，他回头查看，只见对方张着嘴睡得正香。利惠也跟着他的动作看了看老头，笑着说："真是的，看起来像死了一样。"

　　老头睡得像断电了似的，很像突然不再动弹的金龟子。清二发现自己哭了。利惠看到后吃了一惊，问道："怎么了？"

　　"没事，只是忽然想到原来人都会死。"

　　清二擦干眼泪，不想让利惠看见。他看了曼波一眼，对方冲自己点点头，好像在说"我懂"，这让清二很生气。不过曼波应该什么都不会说，虽然是个让人气恼的家伙，在这一点上却可以信任。"当然啦！我和你，还有那边正在傻笑的曼波，肯定都会死的。被你说得好像是什么大发现一样。"利惠大笑着拍打清二的背。清二觉得虽然两个人说的不是一回事，但也无法解释清楚。

　　那个在炎热的教室把垫板放进裙子里啪嗒啪嗒扇风的那须美，今天早上也像这个老头一样，突然就不动弹了——想到这里，清二的心情不知该说是悲伤还是荒谬，就像被强迫去看了明明不想看的魔术表演，不知该如何反应。

　　所以，他为自己突如其来的眼泪而惊慌。在感到

"悲伤"之前，眼泪就流了下来，自己还十分冷静，因此对眼泪的形状和位置都非常清楚。他能切肤地感受到，水珠滴滴答答地从眼角流向脸颊。

"你当时哭了吗？"

清二想起了初中时那须美问自己的问题，他回答："怎么可能会哭呢？"

那须美的胸前晃动着胭脂色的缎带，应该是冬季校服。她转过身来，发型是短发。

"只有钱包丢了我才会哭。"

"什么嘛。"那须美放松地笑了。

当时清二和那须美同在一个年级，但两个人只在一年级时同班过。所以到了三年级，清二看见那须美时并没打算和她打招呼，他知道那须美也一样。放学后的那须美正隔着铁丝网心不在焉地看棒球队的训练。

清二原本是棒球队的，因为受伤而退出了。从那以后，他再也不想看见队员们练习的情景，所以也不打算在那里停下脚步。然而那天，就在清二最讨厌的地方，那须美向他搭话了。

"中村，你不也是棒球队的吗？"那须美说出了他最不想听的话。的确，他背的包和棒球队的队员们背的一样，但里面装的已经不是球衣，而是教科书、漫画书和游戏攻略书。清二不打算理会那须美，他径直朝前走，那须美却很坚持地再度拦住他。

"你今天逃掉了练习？"

在那须美的直视下，清二只好说了实话。自己为了在教练面前表现一下，跳上围栏去接飞球，结果掉下来摔断了腿，不得不做手术把金属板固定在骨头上。几个月过去，他又做了拿走金属板的手术，以为自己可以像从前一样打球。但也许是因为缺乏训练，也许是因为腿的愈合不理想，也可能是因为受伤带来的创伤让他无法专心打球，又可能是为其他队友在自己离开的这段时间里所表现的团结而感到沮丧，总之，清二上场的机会越来越少，就算上场了也总发挥不好，最后只好退出了棒球队。

那须美默默听着。随后她问清二："你当时哭了吗？"

　　清二没有哭。确切地说，他没想到还有"哭"这个选项。与其说想哭，不如说他在竭尽全力地分散自己的注意力，一秒都不愿去想这件事。他没有向那须美解释这些。他觉得，就算解释，那须美也不会懂。

　　第二天，清二在教室里从朋友那里听说，那须美的母亲最近才去世。他这才意识到，那须美之所以会呆滞地抓着铁丝网，是因为她也失去了一些重要的东西。

　　回家的路上，清二看见那须美一个人百无聊赖地走着，便邀请她去了快餐店。他也不知道自己为什么会提出邀请，也许是觉得这不公平——他想，如果那须美打算把事情告诉自己，自己也应该好好听那须美说话。

　　那须美对清二说"其实我也没哭"。母亲的病情越来越重，假如自己忽然变成一个乖孩子，那也太刻意了，简直像在说"你已经时日无多"。这是不是所谓的"内心纠葛"？正因为这个，我没办法坦率面对。

我觉得这样不好。母亲去世后，我也没办法放下倔强，完全没哭过——那须美用吸管不停地吸着已经喝光的饮料杯底，说了这些。

"我是个冷漠的人吗？"

她问，同时懦弱地笑着。

"不是。"

清二回答。他没想过在这之后要说什么，本打算说"才没有这回事呢"，但他不想用这种陈词滥调的话来安慰那须美。

"你不是冷漠的人。人失去了真正重要的东西，是哭不出来的吧？"看着清二一本正经的表情，那须美笑了笑："那什么时候会哭呢？"

清二想了想："等事后想起那是很重要的东西，那时才会哭吧。"

虽然是随口说的，但清二自己也觉得，事情大概真是这样的。

那须美看向远方："对我来说，事情还没有过去呢。"

"嗯，是的。对我来说，退出棒球队这件事，也还没有过去。"

清二觉得挺奇怪的——在这样一个下午，两个边吃薯条边喝可乐的人正沉浸在悲伤中，没人知道他们在谈论什么。明明身处如此平凡的风景当中，他们却知道，世上有些事悲哀得让人哭不出来。

所以当那须美说想看圣诞树的时候，清二想，一定要为她实现愿望。他不知道自己为什么会这么想，但他觉得只有这样，自己才能重新夺回失去的东西。

为了筹措去东京的钱，清二每天从理发店的收银台、母亲的钱包、父亲储蓄的五百日元硬币中一点点拿钱出来。他计划，万一有什么紧急情况，可以住到搬去千叶的朋友那里。他给朋友写了信，也买好了特产——尽管所谓的特产只是商店街卖的球棒或者棒球手套形的蜂蜜蛋糕，但他也提前买好了。

可是那须美却没有赴约。清二如今想到，所谓的"要做牡丹饼所以去不了"，可能是撒谎。直到现在他还记得，在离家出走的前一天，那须美像是提醒清二般所说的话。

"其实，不是和我一起去也无所谓吧？"

清二听那须美这么说，心想，事到如今还想这些干什么？

"如果不是和你一起去，那就没意义了。"

"为什么不是和我去就没意义？"

"……当然是因为我喜欢你啊。"

那须美听到这里就不说话了。她脸上的表情既不是高兴，也不是不高兴。清二有些担心。是因为自己在两句话之间留了空隙？还是自己的声调不对呢？还是"喜欢"这种事，不应该这样轻描淡写地说出来？

"你怎么想？是不是不想和我一起去？"

清二无法忍受沉默，问了出来。

"才不是呢。我也喜欢你。"

那须美生硬地回答。

也许，那时候的那须美希望得到一个不同的答案。每当想起这件事，清二都很后悔。几十年来他一直都在回忆，思考什么样的答案才是正确答案，但直到现在也没想出来。

清二关掉"中村理容店"招牌的电源，拉下百叶窗，走进店里，发现利惠正把明天要用的、数量庞大的毛巾一张张折叠起来。利惠手上的动作，就像机器人一样标准，无论是给刮胡子用的肥皂打泡，还是为客人的衣领贴上防止弄脏的薄纸，她的手势都很利落。清二今天一整天都看着利惠的这些举动，好像这样一来，自己的心就能平静下来。

他忽然很想把一切都告诉利惠——初中时的我，该怎么回答才是对的呢？他觉得利惠会告诉自己答案。

"我跟你提过吧？今天我要去给那个去世的人守灵。"

"我知道。你曾经想跟那个人一起离家出走吧？"利惠说是曼波告诉她的。

清二后悔自己有那么一会儿居然轻信了曼波。他想，这样一来，必须告诉利惠真相。清二把那些曼波不知道的细节告诉了利惠，他承认，当自己说出"因为我喜欢你"时，那须美脸上的表情自己直到现在也没弄明白。

利惠听了，断言道："她会露出那副表情，是因为你撒谎了。"

"我没有撒谎，那是我当时真实的感受。"

"是吗？当时的你，不是有比那须美更喜欢的东西吗？"

"你是说我脚踩两条船？别开玩笑了，我才没做过那种事。"

"我是说，那时你真正喜欢的其实是棒球吧？"清二沉默了。利惠说得对，当时他还对棒球念念不忘，不愿放弃，并为此感到苦闷。

"那须美肯定是明白的。"

清二想起了那须美那双看起来总在笑，却又能把人看穿的眼睛。

"不过，那须美也撒谎了。"清二闻言，一脸疑惑地看着利惠。

"其实她不是想对你表白，而是想告诉妈妈，她喜欢妈妈。"清二脑海里模糊了几十年的迷雾，在利惠的话语中烟消云散——原来是这样，我们都对自己和对方撒了谎。那须美没有赴约，是在传递一个信息——这一切都不是真的。

"快去吧。去得太晚，别人也不方便。"

"嗯，是啊。"

清二走进里间，发现丧服已经拿出来挂好，桌上放着念珠和装帛金的信封，信封里已经放好了钱。清二换上丧服正要离开，利惠忽然说"等一下"。她跑到店里，拿来一把理发推剪，用毛巾盖住清二的肩膀，用推剪为他修剪衣领上方发际的位置。利惠柔软的手和推剪的机械声带来一种错位的感觉，清二很喜欢。

"你是开理容店的，大家会留心这些地方。"

"嗯。"

利惠拿下毛巾，仔细擦了擦清二的发际，在他背上推了一把，笑着说："去吧。"

守灵时最后一次见到的那须美也留着短发，和问清二"你当时哭了吗？"时一模一样。清二的身体深处涌出了当时自己没能说出口的话。

那时我很寂寞，只想有人对自己温柔一些。我很想哭，因此希望你在我身边。我孤身一人，非常孤独。我很生气——为什么自己会这么孤独——我一直为此气恼。但我也很害怕，我既害怕又孤独。我很希望你告诉我，你理解我，我好想能和谁一直待在一起。

清二回忆起和那须美聊天的那家快餐店，他们是两个正处于悲伤中的人。那是一段虽感到悲伤，但也有点酸甜的时间。他们的悲伤程度不相上下，却没有交集，两人在各自的悲伤之中束手无策，只能停滞在平淡无奇的日常风景里。

守灵回家的路上，穿不惯的黑色皮鞋每走一步都会摩擦到脚跟，清二感觉脚越来越疼。

"可是，人总得往前走啊。"

清二自言自语。那须美没有按时赴约，大概是想把这些告诉自己。即使这样也要活下去，而且是一个人活下去。

　　就在今天，那须美独自离开了。

　　清二觉得，和那时相比，现在的自己已经好多了。尽管还是一个人，但至少知道了要去往何方。自己正朝着利惠所在的地方走去。想到这里，独行便一点都不可怕了。

第七章

那个形状弯曲的蓝色塑料容器一直放在卫生间里，但直到那须美去世后的第三天清晨，鹰子才意识到，那不是家里的东西。

　　安排葬礼，联系亲戚朋友，为远道而来的客人准备住宿，为守灵的客人订外卖，把丧服从衣柜里拿出来透透风，穿上，再收进衣柜里，这三天就这样过去了，忙到什么都没时间想。等鹰子有心情回到正常的生活节奏，她明明不用上班，却在凌晨四点多就醒了。她从盥洗室的镜子里看见自己的脸，感觉已经久违了。

　　那个弯弯曲曲的容器叫作"gargle base"，用来接漱口时吐出来的水，上面用黑色的马克笔龙飞凤舞地写着"外科"，应该是离开医院时不小心把病房里的东西给拿回来了。尽管那须美最后的状态已经不适用这个容器，但它一直被摆在床边。今天不用开店，鹰子想把它送回医院，于是她洗了头发。

一位熟悉的护士一脸怀念地冲鹰子招手，就在几天前，她们还几乎天天见面。那须美住院的日子似乎已经成了遥远的过去。

"你来得正好，有件东西要给你。能等我一下吗？"护士说着，消失在办公室里，很快又拿着一个厚厚的信封走了过来。

"我一直在想该不该把这个交给小国，但我觉得还是给你看看比较好。"

鹰子从护士那里接过鼓鼓囊囊的信封，上面没写地址，只写了"小国那须美收"，信封已经拆开了。

"对不起。我觉得看情况有可能需要报警，慎重起见才拆开的。"

鹰子翻过来看寄件人，是完全陌生的名字和地址。

"是不认识的人吧？感觉很奇怪。你可以在这里看完，如果不再需要的话，我们可以帮你处理掉。"

鹰子决定坐在护士站前的长沙发上看信。护士把信递给她，有些担心地看了看她，很快就回去工作了。

鹰子打开信封，里面似乎是一张稿纸，上面密密麻麻的都是字。字是用黑色圆珠笔手写的，算不上漂亮，看起来就像小学生在努力练字。

　　小国那须美女士：

　　　　你好。前几天，你在医院和我说话，我很惊讶。我叫佐山启太。即使告诉你这个名字，你也没有印象吧？我就是你很久以前在等等力公园遇到的那个人。

　　　　当住院的你和我说话的时候，我畏缩得无法动弹，也发不出声音。都已经是三十七年前的事了，我自己都忘了。不，其实是一直想要忘记，如果有可能的话，我希望那件事从没发生过。所以当你在医院门诊的沙发上跟我说话的时候，我一心只想逃跑。无论现在还是从前，我都是个懦夫。

我在这里看过一段时间的耳鼻喉科，你就是从那时起注意到我的吧？一开始你或许没有认出我，毕竟已经过了三十七年。在我每周一次来检查的时候，你是不是远远看着我，认出了我是当年在等等力公园的那个人？果然人不能做坏事。

当时我正在候诊室的沙发上和孙子玩翻花绳的游戏，绳子缠成一团，我正试着解开。你若无其事地坐到我旁边，说："我来吧？"然后从我手里接过线团，轻轻松松地解开了。之后，你头也不抬地对我说："你当时为什么没有杀了我？"

我惊讶得心脏快要从嘴里跳出来了，实际上，我好像还真捂住了嘴。

"你就是在等等力公园里想对我做坏事的那个人吧？"

你这样说完，窥探着我的眼睛。我感到嘴里的水分瞬间消失了。我很害怕，从来没有这么害怕过。

　　我把你留在原地，拉起孙子的手就跑了，等回过神来，已经站在了车站的厕所前面。是的，就像那次一样，我向你打招呼，拉起你的胳膊不断地往前走，等回过神来，发现自己正站在公园的厕所前。直到孙子对我说"爷爷，好疼"，我才清醒过来。这也和当时一样。六岁的你在公园的厕所前说"好疼"，当我像被刺痛了一样松开手，你又用担心的目光看着我，这让我清醒过来。

　　"你当时为什么没有杀了我？"自从你这样问过我之后，我一直在思考。我从来没有像这样思考过一件事。但我觉得，自己必须回答这个问题。因为我当时的确打算杀了你。

　　我并不是无法控制自己性欲的人，真正的原因比那更糟糕。是因为钱，我是受人指使的。对方要求我带一个六岁左右的女孩回来。他们说，如果我能把人带来，他们就会免除我的债务。当时我的债务是八百万日元，光是为了还利息就已经筋疲力尽，每天满脑子都只想着钱。

　　那时我已经结婚了，有两个儿子，在床上用品公司做销售，公司的同事都觉得我是一个善于逢迎、有些轻浮的人，但不是坏人。没人知道我有这么多债务。我有个习惯，只要有人找我帮忙我就会一口答应，现在想来，是虚荣心作祟。我的债务起初是酒钱，还有帮朋友偿还一点小债务，或者在酒店开套房和女人鬼混。

　　现在想来，对方真是疯子，竟然让我去绑架一个小女孩。但那时我脑子里只有钱。过着正常生活的人很难想象我当时的状态，真的，脑子里全是钱，感觉前途渺茫，只有痛苦沉重地压在我身上。无论如何，我想摆脱那种状态。

　　但让我去绑架别人的孩子是不可能的。当我表现出不情愿时，对方说也许可以想办法帮我解决我儿子的高中入学考试。说起来怪不好意思的，当时我的大儿子在初中总是惹是生非，是我烦恼的源头。我一直担心儿子的人生会从此一蹶不振，因此很高兴有人能把他送进一所像样的高中。为了儿子，我决定接受这个委托。不，"为了儿子"其实是骗人的，我会去做，只是为了让自己松口气而已。我也因此失去了一些非常重要的东西。

我想，那时的我已经停止思考了。因为持续的思考太令人痛苦，我想从中走出来，所以才说了"我做"。

我开始去寻找小女孩。但当我找到的时候，她们要么跑掉了，要么事情进行得不像我想象的顺利。已经过了约定的期限，我开始有些着急了。

当我看到你抱着一盒牛奶在早晨穿过公园的时候，我决定速战速决。

"这附近有牙医吗？"听到我这样问，你说："叔叔，你有虫牙吗？"

你的回答很友好，这给了我一点信心。

"嗯，你想看吗？"我张开嘴，你看得很认真。

"哪个是虫牙？是什么颜色的？"你不住发问。我想："什么嘛，这不是很简单吗？"我可以说带你去看更多的虫牙，然后用药让你睡着，把你装进车里，带到约定的地方。我尽量不去想后面的事。反正对方会给我很多——八百万和我儿子的高中——至于这个女孩会怎么样，我不愿去想。就算最终她被杀了也不奇怪。

那时我的眼神是什么样的？脸色呢？看起来还像个人吗？我脑子里只有一件事——不是钱，也不是你，而是无论如何我要完成这件事。

"为什么不杀了我？"说到这个问题。

就在我拼命寻找应该在包里的药时，你突然唱起歌来。你还记得吗？当时你哼的那首歌。

请来喝杯茶
好的，你好
多谢你的关照
好的，再见

我听着你那孩子气的歌声想到，在未来，你将会遇见很多人，也会和同样多的人告别。我知道这听起来很奇怪，但当时也不知道为什么，我仿佛看见棒球场上摆满了水杯的景象。这些水杯代表我见过的人，与他们喝茶的次数，还有我未来将要见到的人。而你的水杯又是怎样一幅景象呢？宽阔的棒球场上只排列着十几个杯子。

我和你在这里相遇，而未来你和其他人的相遇，将由我来结束。我觉得这是个天大的错误。当你遇见我，我本应该好好和你说再见，让你去邂逅下一个人，这才是"人生"这个游戏必须遵守的规则啊。

我无法忘记你说的"再见"。你抱着牛奶，一步一步小心翼翼地走下过街天桥的楼梯，一遍又一遍地回头看我，向我挥手，大声说："再见！"我却只是看着你，也忘了说再见。

这能回答你的问题吗？

我因为害怕见你，有段时间没去耳鼻喉科了。但是我觉得必须好好告诉你，所以又开始去医院了，但你却不见了。你一定是出院了吧？

　　我的人生很糟糕。在那之后我被债务困扰了很长时间。我的大儿子年纪轻轻就死于毒瘾，我想这也是我的错。但如果我当时绑架你、害你被杀，我的生活一定会比这更糟。多亏了你唱的歌，我才没有失去我的人生。能看到活着的你，长大成人的你，真是太好了。我很感激这个没有杀掉你的结局。

　　你是不是已经遇到了足够多的人？就像在棒球场上摆满的水杯一样。时隔三十七年，我再度见到你，你的脸看起来很平静。看到你的脸，我立刻意识到，你度过了满足的人生。我仿佛听到你遇到的每个人都对我说了声"谢谢"，你的脸看起来就是这样的。我想，这意味着我的人生也被肯定了——像我这样的人生，能获得这仅有的肯定，对我来说已经是一种巨大的快乐。

　　我请耳鼻喉科的护士转交这封信。她们本来拒绝了，但我看起来太沮丧，她们可怜我，才答应了。如果你能收到这封信，那我就再高兴不过了。我唯一的遗憾是在三十七年前没能好好跟你说声"再见"。你在医院的候诊室里跟我说话，我又一次连招呼也没打就跑了。相遇后的离别要道声再见，这是世界的规则。

多谢六岁的你对我的关照。再见。

佐山启太

鹰子从信里抬起头来，看到三个护士正在把一位病情恶化的病人转往别处。刚才递信给她的护士也在其中，她神情严肃，向着电梯一路小跑。

直到那须美住院，鹰子才意识到死亡离自己这么近。父母去世时她很难过，但也总觉得那是没办法的事。可是比自己还年轻的那须美这么快就去世了，这让人很难接受。但读到这封信的时候，鹰子才意识到，自己其实生活在一个非常危险的世界。

那天早上是鹰子让那须美去买牛奶的。家里的牛奶用完了，店里的牛奶还没送来，母亲让鹰子去买，但是鹰子嫌麻烦，于是她和那须美猜拳，故意晚出，赢了猜拳，让那须美去了。因为那次是鹰子头一次这么耍诈，所以她记得很清楚。如果那天早上那须美没回来，不仅是自己的人生，甚至到三十七年后的今天，整个家庭一定也还蒙着一层阴影。事情没有发生，鹰子很庆幸。她如今不用怨恨任何人，这似乎是最幸福的情形。

鹰子再次低头看着这些用力写下的文字。她想，这个男人遇到那须美后，重建了自己的人生，也许不是巧合。信上的字，不像是那种随波逐流、会被生活卷走的人所写的。是不是这个男人的潜意识在不知不觉中选择了能让自己恢复正常的那须美呢？那须美是不是为了自救，才不自觉地哼唱起那首歌？

鹰子这样一想，便觉得这封信是那须美特意交到了自己手上的，她希望在自己去世后能减轻一点鹰子的悲伤。

鹰子把信收进包的最里面，离开了医院。对了，回家的路上去买明天的牛奶吧。虽然明天还会有牛奶送到店里，但是偶尔也买点不一样的吧。

那是什么时候的事呢？背后是蓝天下清晰可见的富士山，那须美像金刚一样叉开腿站着，说："无论好坏，我都会接受，全力以赴！"

回想起来，那须美的确是这么活着的。明明也有些事不能如她所愿，她却总是一笑置之。

医院外面的街道一如往常，肉眼虽看不见其中纵横交错的命运之网，但它的的确确存在着。人与人之间的关系就像柔软的毛线一样松散交错，徐徐进展，有时会出现意想不到的发展。

"好了，我也要回归生活了。"

鹰子自言自语着，在温暖的阳光下慢慢向车站走去。

第八章

一位自称加藤由香里的女子打来电话："听说那须美去世了。"

鹰子没听过这个名字，她有些警惕，问对方是怎么和那须美认识的，对方却沉默了。过了一会儿，她说："她住院的时候我曾去探望过一次。"

鹰子想起来了，有天她趁着工作的午休时间来到那须美的病房，正好与一位来探病的年轻女子擦肩而过。听到鹰子的话，对方兴奋地说："对，我就是那个人。"大概是觉得自己欢快的语调不太合适，对方随即压低声音，用低沉的语气说："其实我马上就到附近了，如果方便的话，我能去上炷香吗？"

鹰子请她过来，便挂断了电话。

她赶紧把散落在客厅桌子上下的煎饼碎屑、用过的茶杯、糖果包装纸和报纸杂志收拾起来，并让听到电话声前来查看的笑子姑婆拿出客人用的坐垫。笑子姑婆拿来了坐垫，还思虑周到地拿来了店里卖的、送礼用的小点心。鹰子问："是通过收银机的吗？"

笑子别扭地说："不是我自己吃，是给客人吃的。"

不管是谁吃，库存对不上都不行，所以要通过收银机——鹰子解释过好几次，可笑子一直改不掉笼统记账的习惯。她嘴里念叨着"烦死了，烦死了"一边走开了，但似乎对客人到访一事很是在意，因此没有回到自己的房间，而是走到了厨房的橱柜后面。

"那个加藤由香里，是谁啊？"笑子像是听到了电话内容，饶有兴趣地发问。

"好像是那须美在东京时的朋友。"鹰子说。

"一定是个坏女孩。"笑子断言。

前来拜访的加藤由香里大概三十五岁，身穿蓝色喇叭裙，衬衫的白色衣领让人印象深刻，外面罩着深蓝色开襟羊毛衫，头发梳得整整齐齐，说起话来干脆利落，给人的印象很好。

鹰子招呼加藤由香里进来。笑子一脸怀疑地站在鹰子身后，用估价似的目光上下打量。

佛坛前摆着崭新的白木台子，加藤由香里一看见摆放在上面的骨灰盒，就带着哭腔跑过去："小国！"但她马上想起自己客人的身份，按照礼仪坐在坐垫上，点燃线香，双手合十。

眼尖的笑子发现客人带来的供品外面包的是东京著名水果店的包装纸。加藤由香里一离开佛坛，笑子就抱起贡品，环顾四周，随即像野猫一样悄无声息地闪进自己的房间。

鹰子已经司空见惯，因此毫不惊讶。加藤由香里看见笑子的举动，不由得感叹："原来是真的！"

她看着笑子消失的方向，向回头的鹰子解释："跟小国说的一样。"

鹰子恍然大悟地笑了。

"我还以为她故意说得很夸张。"

"可是亲眼看到了，比那须美说的还要夸张吧？"

鹰子想起那须美很会模仿笑子，咯咯笑了起来。

鹰子端茶上桌的时候，加藤由香里似乎在操心什么别的事，她伸长脖子不停往厨房的方向看。

鹰子问："你在看什么？"

听到她这么问，加藤由香里似乎下了决心，一口气说出了心里话："其实，我一直能感应到超自然的力量。我感觉那个方向好像有什么很强的力量。"她的表情十分决绝，像是要从高处往下跳一样。

鹰子吓了一跳，只能含糊地回答："啊，是吗？"

"我可以去看一下吗？"

加藤由香里已经站了起来。鹰子不明所以，只好带她参观厨房。

加藤由香里一边念叨着"对不起，对不起"，一边四处寻找。她的动作和电视上看到的灵媒一样，鹰子莫名有些佩服。

"啊，是那个。"

加藤由香里凝神屏息，望向天花板说道。鹰子也随之抬头，但没明白她指的是什么。

"就在那里。"

加藤由香里指着挂有挂历的柱子上方，那里有一个黑点。鹰子像傻瓜一样张嘴盯着那里，看出那是一个小小的眼睛，上面还画着睫毛，瞳孔中有光一闪而过。她莫名激动起来。

"那是什么？"鹰子目不转睛地盯着柱子，问加藤由香里。

"我不知道，但能量就是从那里出来的。"加藤由香里也盯着柱子回答。

加藤由香里去探望那须美的那天，那须美说："你来得正是时候。今天身体状况不错，我正想找人聊聊呢。"这话听起来，就像两人是昨天还见过面的友人一样。

加藤由香里已经十五年没见过那须美了。说实话，两人最后告别的方式，让人觉得她们再也不会见面。无论怎么看那都是加藤由香里的错，是她背叛了那须美。

"出去走走吧？"那须美似乎没有撒谎，她迈着有力的步伐带加藤参观医院。尽管如此，从后面看起来，那身影与刚认识那会儿相比瘦弱了太多，加藤由香里还是很难过。

在便利店买了饮料，坐在院子里的长椅上，那须美笑着说："天空好像假的。"

加藤由香里第一次注意到天空，她抬头看见蓝天上飘着一朵形状标准的云彩，像是没有暗色的雪白绵羊。

"对不起。"加藤由香里说出了最想说的话。

随后只说了一个"我……"，她便沉默了。明明在电车上想好了很多要说的话，可当她看到那须美还是和许多年前一样，一副"都交给我吧"的模样，眼泪就扑簌扑簌往下掉。

"应该是我说对不起。是我性子太急，没考虑后果就做了那种事。"那须美望着远方说。

"那种事"，指的是那须美打了上司两拳。加藤由香里曾经和那位有妻子有孩子的上司交往，但因为对方的行为太过分，她找到那须美商量。

"这是犯罪。"那须美听完她的话，这样说道。

加藤由香里被"犯罪"这个词吓坏了。她说，没那么夸张吧——听起来像是在包庇上司。

那须美面无表情地听完加藤的话，又说："可这真的是犯罪啊，应该报警。"

加藤由香里沉默了，话题也就此打住。后来，上司要被派去另一家公司，那须美希望由香里和上司能借机疏远，这样她内心的伤口也能愈合。

在上司的欢送会上，这个男人从月票夹里拿出女儿的照片，在酒桌上传给大家，炫耀女儿被一所著名的私立中学录取。

照片也传到了加藤由香里的手上，看到她面带微笑，和坐在旁边的主任一起看照片，坐在对面的那须美感到很不舒服。

加藤由香里被上司带到朋友开的妇科医院，听说只是检查一下，却在不知情的情况下被拿掉了孩子。上司就是这种为所欲为的自私的家伙。

从店里出来，那须美想，不能就这么放过他。

等回过神来，她发现自己正在打上司，打到第二拳时，那须美终于感觉到自己的拳头很痛。随后她被上司摔倒在地，脸被狠狠揍了一拳。那须美记得自己对着上司大喊了些什么，察觉到自己嘴边黏糊糊的都是血，门牙断了，也没力气再攻击。她在朋友的帮助下终于坐起来，发现周围已经没有人了，被打之前还站在自己视线边缘的加藤由香里也不见了。

大约一周后，那须美在公司走廊里偶然遇见加藤，对方只是深深鞠躬。那须美不太明白这算哪门子的道歉，只能说："好了，没事了。"从那以后，加藤似乎一直避免和那须美单独相处，也没再提起过上司。

两人看着院子里的云慢慢移动，不禁怀疑起这事是不是真的发生过。那须美看了看自己的手臂——只剩下血管、骨头和皮肤了，一想到自己用这样的手臂挥拳打过一个男人，她笑了起来。

"你辞职后没多久，我也辞职了，现在在一家很小的出版社工作。"加藤由香里递出名片。

那须美接过那张名片。

"你以前就说过想当编辑，这不是很好吗？"

听到那须美用天真的语气说出来的话，加藤由香里低下了头。

"我真的很差劲。"

那须美一瞧，加藤由香里好像马上就要哭了。

"这家出版社，就是那个被你打过的人渣介绍的。也就是说，我拿掉自己的孩子，以此为代价得到了一份工作。"

那须美又看了一眼名片，随即看向加藤由香里放在薄荷色的裙子上那捏紧的拳头。

"是吗？你来，就是为了告诉我这个？"

加藤由香里像个孩子似的点了点头。那须美明白，她明明是受害者，却也是施暴者，并为此受了很多年折磨。

"是的，我真的烂透了。"

加藤由香里说出这番话，仿佛痛苦地吐出了什么。

"那就在这家公司好好干吧。"

加藤由香里抬起头，看见那须美在笑。

"我还能继续干下去吗？毕竟我用孩子的命去换取了收入。"

她的表情痛苦地扭曲了。

"所以你才要去做不能用金钱衡量的工作呀。要去做大家都喜欢的书，做让人读过之后明天能继续加油努力的书。"

加藤由香里不知该怎么作答。那须美平静地继续说道："你要做和失去的孩子一样有价值的工作。我们在这个世界上能做的也只有这些。"

加藤由香里抬起头，撇着嘴，像是在强忍泪水。

"这样，你就能原谅我吗？"

"傻瓜，你这么做又不是为了得到谁的原谅。你失去了金钱无法衡量的东西，那就只能用金钱也换不来的东西去偿还了，所以你才要这么做。"

　　加藤由香里看着那须美，脸上的表情仿佛在问：
"为什么你能说得这么干脆？"

　　"我能做到吗？"

　　"我会看着你的，去做吧。"

　　那须美看向蓝天。

　　"我会一直看着你的。"

　　厨房里，加藤由香里抬头看着柱子上的眼睛，
神情严肃地对鹰子说："我能感觉到那须美小姐的
讯息。"

　　听见那须美的名字，鹰子听得入了神。

　　"如果失去了金钱也无法衡量的东西，只能还以
同样无法用金钱衡量的东西。"

　　"这是那须美说的？"

　　"是的。"

　　"她竟然会说这些。"

　　鹰子抬头看着柱子上的眼睛，脸上满是依恋。

"我会看着你的，我会一直看着你。"加藤由香里说。

"真的吗？"

鹰子发出孩子似的声音，加藤发现她已经泫然欲泣。

"真的吗？那须美真的这么说了？"

"真的，她就是这么说的。"

加藤由香里也强忍着落泪的冲动，斩钉截铁地说道。

她走出那须美老家的房子，回头发现富士山近在咫尺。头顶是一片蔚蓝的天空。对着那片天空，加藤向那须美打招呼。

"我做得很好，对吧？"

在医院的院子里聊完，那须美说："真奇怪。我刚才对你说的那些话，对家里人却说不出口，怪不好意思的。"

她说着，在长椅上伸展四肢。加藤由香里于是提议，由自己去告诉他们。那须美觉得这个办法不错，把拜托笑子制作钻石眼睛的事告诉了她。

"我走了以后，你不能马上就去。姐姐胆小，会害怕的，大概要等一个星期左右。如果你那时能去一趟就太好了。"

"我会的。让我去做吧。这也是没办法用金钱来衡量的事。"

加藤由香里一边走向车站，一边不自觉地哼起歌来。

请来喝杯茶

好的，你好

多谢你的关照

好的，再见

这是那天分别时，那须美教她唱的歌。那须美曾夸口说姐姐泡的茶很好喝，她说得没错。自己选的果冻好吃吗？加藤由香里打心底里希望它好吃。

　　给予，获得——我就是这样不断重复着生活下去。所谓无法用金钱来衡量的东西，指的原来是这些呀！加藤由香里走在那须美已经走过太多次的路上，这样想着。

第
九
章

利惠在鱼店"鱼源"门口盯着鱼看，鱼店的小哥说："今天的沙丁鱼很便宜。"

"沙丁鱼？"

利惠叹了口气，似乎不太满意。

"今天的沙丁鱼可以做生鱼片。用手剖开，用冰水洗一下，加点生姜末和酱油，很好吃哦，来点吧？"小哥说道。他好像很想卖沙丁鱼，已经撑开了塑料袋。

"今天想做点更好的菜。"

利惠考虑了很久，最后买了四分之一块鲣鱼，选了背部。她决定在回家的路上再考虑是做成生鱼片还是炙烤鲣鱼片。

小哥一边为鲣鱼肉覆上保鲜膜，一边跟利惠闲聊。

"今天是什么日子？结婚纪念日吗？"

"我家那位怎么可能记得。"

丈夫清二连自己的生日都不过，所以家里根本没有庆祝纪念日这回事。

"今天是饯别。"

利惠说完，小哥立刻打趣地问："和另一半？"他把东西放进塑料袋。

"要真是那样就好了。"

"快别说了，谁不知道你们感情好。"

是的。不知道为什么，人们都认为"中村理容店"这对夫妇感情很好。没错，他们从来没吵过架。但利惠在十八年前曾经离家出走过。那是他们结婚的第二年。这件事就连清二也不知道。

利惠准备好晚餐时，清二刚洗完澡。他看见餐桌上有煮熟的蚕豆，高兴得"哇"的一声露出夸张的表情。这虽然是清二爱吃的，但因为贵，利惠不怎么买。看到利惠端来一盘撒满了葱花、姜末和襄荷碎的炙烤鲣鱼片，清二不禁问："今天是什么日子？"他的嘴里还叼着蚕豆。

　　"什么什么日子?"

　　"因为你很少买蘘荷啊,总是说贵,还有蚕豆
也是。"

　　"今天,算是饯别吧。"

　　"饯别?跟我吗?"

　　清二露出害怕的神情。鱼店的小哥也说了同样的
话,但清二这句在利惠听来却很滑稽。

　　清二好像完全忘了,今天是那须美去世后的"末
七"。利惠听祖母说过很多次,死去的人过了四十九
天就要离开这个世界了,因此她觉得这一天很特别。

　　利惠回忆起夜空中闪烁的飞机灯。她在离家出走
的那天看到过。

　　那天,清二要去参加理容业的同业聚会,利惠按
计划拿出事先收拾好的行李离开了家。清二很少放肆,
那天却和一位照顾他的前辈喝到一醉方休,说是第二

天上午才能回来，所以除了这一天之外，利惠想不出其他更合适的日子了。

利惠想离家，并不是因为对清二不满。硬要找理由的话，是因为收到了高中同在美术兴趣社团的同学寄来的展览邀请函。利惠喜欢艺术，但不想以此当作职业，所以当她发现当初并没有去读艺术大学的同学竟然还在继续画画时，利惠非常惊讶。展览上了报纸，同学被描述成"充满锐气的新人"。照片里，她的表情和高中时一样，笑得很开心，这让利惠很受打击。和无论做什么都得心应手的利惠不同，同学是个做事缓慢、有些迟钝的女孩。我竟然输给了那样的人——利惠的心里一阵翻腾。

在这之前，利惠觉得清二像个好搭档，可以跟他谈论任何事，自己也从来没对他隐瞒过什么。但这一次，她不想让清二知道自己的感受。

利惠把这件事藏进了心里。每当她想到，假如同学看见自己日复一日地叠那么多毛巾，或者一天好几次清扫客人掉在地上的头发……利惠会忽然感到害怕。

自己的生活不是很悲惨吗？她开始觉得一切都是这家店的错，也就是说，一切都是清二的错。

我得离开这里——利惠渐渐开始觉得这是唯一的办法。她不讨厌理发店的工作，还觉得这工作很适合自己。可是想到未来几十年都要继续这份工作，甚至不能像其他人一样在周末外出——利惠轻松想象出了六十岁的自己，无论是给客人刮脸的动作，还是摊开热毛巾时翘起手指的习惯，一定都和现在一模一样。客人们也会一成不变地进来打个招呼，说出同样的话，梳着同样的发型离开。幸运的是，他们还没有孩子。

利惠想离家出走。她打算暂住在东京的表姐那里，尽快找到工作，租一间公寓。一开始她想在自己熟悉的美发行业工作，之后很快再去找一份完全不同的工作。

夜晚的月台很安静，推动行李箱时发出的隆隆声听起来格外响。利惠抬头，发现有一个同样拿着行李箱的女人坐在长椅上，正把手提箱放在身前，点燃一支香烟。那是开超市的人家那里的二女儿，小国那须美。对方也同时看见了利惠，抬头轻轻冲她点了点头，利惠于是也点头致意。两人互相打量对方的行李箱，利惠觉得擦肩而过似乎不大好，于是坐到了那须美旁边。她想，明明都打算离开这里了，却因为考虑到以后的事而不想表现得太冷淡，挺可笑的。她很讨厌这样的自己。那须美似乎也一样，她亲切地笑了笑，熄灭了刚刚点燃的香烟。

两人沉默了一会儿，那须美开始咯咯地笑了起来。

"真不好意思。我现在明明准备离开这里，却把烟熄了，想给这里的人留个好印象，自己想想都觉得好笑。"

听到这话，利惠才明白为什么那须美也带着行李箱。

"你这是去哪儿？"那须美止住了笑，问道。

"我也是离家出走。"利惠一脸认真地回答，那须美笑得比刚才更大声了。

"两个离家出走的人并排坐在这里？"

她笑得停不下来，利惠也跟着笑了。的确，两个要离家出走的人并排坐着，别人看了也会觉得很好笑吧。

"这是我第二次离家出走，第一次没走成。"

那须美一说完，发出"啊"的一声，看了看利惠，便不再往下说了。

"我知道。是和我老公吧？"

听到利惠这样说，那须美便不再坚持。

"原来你知道？"

"有人特意告诉我了。"

"还有这种白痴啊。"

"听说我家那位把日期搞错了，真是对不起。"

利惠并非想要挖苦，而是真的很抱歉似的低下了头。

"其实，是我爽约了。"

"啊，是吗？"

利惠是第一次听说这事。

"直到最后一刻我还真的打算去呢。不过我拿着行李下楼的时候，看见姑婆正在洗红豆。"

笑子姑婆做的牡丹饼很受欢迎，每次一上市就卖光了。

"姑婆洗红豆的方式，该怎么形容呢……不单单是温柔，应该说是，有爱？充满爱意？哎，也不对，越想形容越形容不出来。"

那须美想不到合适的词，着急地拍了拍脑袋。

利惠好像明白那须美想说什么。她刚嫁给清二的时候，公公还在世，是个工作非常用心的人。利惠特别喜欢看他打理工作要用到的工具，尽管这样的事他一定已经重复了许多年，但却仍然非常小心。利惠喜欢那种神情和举止。她想，清二还是个小婴儿的时候，公公一定也是这样抱着他的。这么一想，利惠便觉得，这个家里有太多东西需要悉心照料。

"明明已经很习惯了，却还像第一次一样。"利惠不禁喃喃自语。

"对，就是这样！就像第一次洗红豆，想要细心照料到每一颗豆子。我看着，觉得自己就像红豆一样，我想，我不也是被这样悉心照料着长大的吗？"

"所以你就放弃离家出走了？"

"当时我以为，只要换个地方就能解决问题。我心里那些压抑的情绪是不是离开了这个地方就会好了？但是当我看到姑婆洗红豆，我想，不，我只是想回到过去，回到母亲去世前的自己，我就像那些红豆一样，想被谁仔仔细细地洗干净。"

利惠想起公公洗手的背影。在触摸客人的头发之前，还有工作结束后，他总是会缓慢而仔细地洗手。她还想起，自己也被这样悉心对待，是公公耐心把工作的方法教给一窍不通的自己。

"我也只是想回到过去吗？"利惠自言自语。

公公还在世的时候，利惠一心想做得更好。她想到总有一天，自己要和清二一起经营这家店，其中不仅有使命感，还掺杂着光明的希望。

"我想回到公公还活着的时候。"

利惠脱口而出，才发现这是自己的真实想法。店经营得不错，起初她仅仅希望这种日子能一直持续下去，但是当一切都理所当然地继续，重复做同样的事似乎变得痛苦起来。利惠想，朋友的展览只是借口，其实她只是厌倦了现在的生活。

"能回去的。"

那须美若无其事地说。

"在想回去的那个瞬间，人就能回到过去。"

真的吗？利惠抬头望向夜空，正好看见一架飞机从头顶飞过。黑暗中看不见飞机的轮廓，但机翼上的灯在闪烁移动。那须美也抬头望向夜空。

"你看，飞机不也在这样说吗？"

闪烁的光的确像在说："是的。是的。"光越来越远，直到变成一个小点，几乎看不见了。利惠仍然凝视着夜空，仿佛那是已故的公公。在飞机消失的远方，有一道非常微弱的光一闪而过。利惠心里一窒：就算看不见了，它也还在天空的某个地方发光，只是我再也看不见而已。公公也还在店里吗？在哪里呢？想到这里，利惠伏下身体。回过神来，她发现自己哭了——公公不在别处，就活在自己的心里。无论是刮胡子的顺序，还是拿着热毛巾时翘得高高的手指，都和他老人家曾经做过的一样。

最后一班列车的广播响起，利惠哭得停不下来。那须美看着利惠，问："你能帮我个忙吗？能不能日送我一程？就像你刚才看着飞机那样目送我，直到看不见了为止。"

　　她的声音仿佛在利惠背后推了一把——"你给我好好回去吧"。

　　那须美上了车，利惠问："你已经不想回到过去了吗？"

　　"现在，我想成为其他人的归宿，希望有人会愿意回到我的身边。"

　　说着，车门关上了，载着那须美的车厢离站台越来越远。利惠拿着手提箱，在月台上目送她离开。正如约定的那样，她看着车窗透出的光渐渐变小，最终消失了。然后，她推着行李箱隆隆作响地走过检票口，沿着来时的路往回走。利惠想，等回到家，先把房间里的灯都打开，这样无论清二什么时候回来，都能看见家的方向。

　　"我知道了！"
　　正吃鲣鱼的清二突然大叫起来。

"是你终于要告别韩剧了！"

"不，我还有很多要看呢。"

"是你自己说的饯别嘛。到底是跟什么饯别啊？"

"跟以前的自己吧？"

"什么意思？"

清二索然无味地将筷子挪回到鲣鱼片上。

"我不想只想着自己了。"

那须美所说的话，至今仍在利惠的脑海里回荡。

　　——我想成为其他人的归宿，希望有人会愿意回到我的身边。

这就是利惠现在的感觉。

"其实，我怀孕了。"

听到这话，清二不由得坐正了身体，他盯着利惠的脸："真的？"

"嗯，我去了医院，医生是这么说的。"

"是嘛。"

清二一脸心不在焉的表情，嚼着蚕豆。

"怎么，你看上去好像不太高兴。"

"不是……原来是孩子啊……"

清二身上有什么东西诞生了，又有什么东西离开了。他抓起蚕豆放进嘴里，重复了好几次之后，好像突然沉浸在巨大的喜悦里。

"浴缸得修一修了。"

他忽然开始说一些有建设性的话。在这短短的时间里，清二似乎已经做好了什么准备。利惠清晰地看到了这种情绪的流动，仿佛触手可及。

利惠想，自己已经和这个人认识很久了。明明一直待在同一个地方，感觉却像是一起旅行了很久。两人所乘坐的交通工具，现在也似乎正朝着某个方向直线前进。不久，自己也会变成那天和那须美一起看到的小光点吧？她想象自己在夜空中闪烁的模样。

也许会有人目送自己——那人或许就是刚刚怀上的孩子——直到看不见那道光为止。利惠觉得这样的生活已经足够了。

第十章

哥哥启介一直占着洗手间。听不见水声，也没有吹风机的声音。爱子探头偷看，启介停下正在拨弄刘海的手，气冲冲地瞪她："干什么？"爱子知趣地又把头缩了回去，心想：这家伙终于交女朋友了。明明平时不打理头发，今天却一次次把头发向后梳，又一次次放回去。是嘛，哥哥终于要结束单身汉生活了！爱子轻声哼笑。

　　爱子笑起来总是"嘶嘶"作响，像有什么东西含在嘴里，旁人意识不到那是笑声，总担心她是不是喉咙里卡住了什么。

　　哥哥从小就有点胖，而爱子却瘦得像是所有营养都被哥哥给吸走了——被吸走不是什么比喻，爱子认为这是事实。哥哥到了五岁还不肯脱离母乳，母亲另一边的乳房不得不交给小爱子一岁的妹妹明菜，所以爱子没怎么喝过母乳。可能因为这个缘故，爱子的胃口不太好，从记事起她就不太会吞咽，吃东西常会吐出来，这使得她的饮食习惯越来越差。

爱子最不爱吃的就是咖喱，因为妈妈为了爱吃肉的哥哥，会在咖喱里放很多切得薄薄的牛肉片。但是爱子不能顺利吞下切成薄片的牛肉。如果有客人来访吃寿喜烧，那就更尴尬了。在陌生人面前干呕——半块肉卡进喉咙，半块肉吐在外面——这种尴尬和羞耻让爱子觉得比死还可怕。她宁肯不吃，所以就完全不碰牛肉了。

爱子无意责怪母亲，但她的确是个粗心大意的人，不怎么关心爱子。知道爱子不爱吃肉，她还是每周做一次咖喱。因为启介很爱吃，她也懒得仔细考虑菜单。每到吃咖喱的那天，妈妈就会在爱子的盘子里只盛上白米饭，爱子会拌上鸡蛋吃掉。

长大后，爱子在体检时被告知肺部有阴影。医生说是很久以前的伤口，应该是肺炎留下的痕迹，但爱子不记得自己得过肺炎。也许是小时候吞咽不好，食物呛入肺部导致了肺炎吧？当她告诉妈妈时，却遭到了激烈的否认："这不可能！"——妈妈的反应就像法庭上被宣判的被告，顽固地拒绝承认。

爱子的父亲成立了一家建筑公司，他对两个女儿都不太关心，或者应该说，他是和一群男性兄弟一起长大的，不太懂得如何跟女孩子相处。也因此，父亲在哥哥启介身上倾注了很多心血。

爱子从旁看着这对父子，在心里嘲笑他们："这就是你的心血吗？"

父亲固执地认为女孩子不用上大学，就算要上也是去短期大学。高中时爱子想，自己无论多努力，最终还是会被送进父母指定的短期大学，毕业后被送进有业务来往的公司或乡下的银行工作，大概三年后就会嫁给一个父亲看中的年轻人。对方应该是个精打细算、受到客户喜爱的人，但长相一定不符合年轻女孩子的喜好。爱子也没有什么特别想做的事值得她去反抗这些安排，她也觉得自己是个温顺的女高中生。

　　高二的第一堂体育课是让学生们从体育馆二楼的观众席往下跳，这是这所高中的惯例，爱子也听说过。从二楼的栏杆旁往下看会感觉很高，就算垫了许多层垫子，知道不会有危险，也很难跳下去。这是当天的最后一节课，老师说跳下去的人可以直接回家，因此那些想先走的人都毫不犹豫地跳了下去，随后径直去了更衣室。爱子却怎么也跳不下去。"不行啊，我做不到。"——就连穿着体育馆专用的运动鞋、摆出内八字的站姿嘟嘟囔囔不住撒娇的女孩子也顺利地跳了下去。爱子变成了最后一个，但她还是跳不下去。

　　她不明白，为什么非跳不可。看着那些被迫要做这么荒谬的事，却毫无怨言一个接一个跳下去的同学，爱子很生气。

　　体育老师从下面抬头看着爱子，仿佛看穿了她心中所想的："你在想这有什么意义，对吗？但世界上就是有这种事。到时候你会因为没人帮你就哭吗？你觉得这样就行了？"老师的声音响彻了体育馆。

　　但爱子还是徘徊不前。老师不再说什么，默默地等着爱子跳下来。

　　从上面看，空荡荡的体育馆比想象中的还要宽敞，地板很光滑，就像静止的湖面。老师依然抬头看着爱子。爱子想——这是只属于我的空间，只属于我的时间。她简直不敢相信，世上竟还有这样的空间和时间，在走投无路的境地里显得如此奢侈。

　　结果那天跳了吗？爱子想不起来了。她只记得老师说的"世界上就是有这种事"，那声音一直留在爱子心里。当她第一次看到似乎是启介恋人的那个人时，爱子想，这就是老师所说的"这种事"吗？

　　启介的女友年纪不小。当时爱子也已经二十四岁，正如父亲所希望的那样，成了一家销售二手建筑设备公司的职员。可是她还没结婚。现在爱子才意识到，其实婚姻只是父母的目标，但他们却促使她相信，这是她自己的目标。

　　那女人看起来三十多岁，也可能有四十多岁。她穿着一件蓬松的针织衫和一条沉甸甸的、下摆很宽的裙子。哥哥还在梳刘海，爱子先出门，看见那个女人正在门口不远处的电线杆后面抽烟。她好像瞥见了爱子从房子里出来，爱子低头致意，对方也用手指夹着点燃的香烟，冲爱子低头，像是在说"你好"。

"你在等哥哥？"爱子大胆地问话，女人"嗯"了一声，露出有点为难的表情。她举起没有夹香烟的那只手，向欲言又止的爱子挥了挥，说"没事，没事"，那动作像是在撵爱子走开。爱子带着暧昧的笑容开始往前走，同时不禁在心里暗骂："在大马路上抽烟？看起来很蠢。"可是，爱子走向车站时忽然想到，假如哥哥娶了那人，她就会成为自己的嫂子。想到这里，她不由得倒吸了一口冷气。爱子回头，看到那个来路不明的女人仰望着天空，咯咯笑着，不知道有什么好笑的。她不禁检查了一下身上的衣服是不是有什么不对劲。女人注意到爱子的举动，挥了挥手，指着上面说："不是，不是的。"可蓝天上飘浮着白云，不知道这有什么好笑的，女人仍然指着天空在笑。爱子有些害怕，她走开了，边走边想，哥哥要和那人结婚，简直太荒唐了。

突然间，她想起了体育老师说的"世界上就是有这种事"。自己也没做错什么，为什么那样一个眼神凶恶、脑子很笨、品位低下的家伙会突然成为"嫂子"，闯进我们家来呢？这也太荒唐了，无比荒唐，荒唐透顶——爱子想告诉父母，但又觉得家里人肯定不会相信自己，尤其是哥哥。

"到时候你会因为没人帮你就哭吗？你觉得这样就行了？"

老师的话在她的脑海里一遍又一遍回放。难道我要自己想办法吗？这可能是爱子有生以来第一次遇到这样的难题。

"那须美这个人啊。"

听到启介的话，爱子心想，谁啊？但她马上意识到了——是那个女人。

她想，怎么会有"那须美"这么假的名字？启介用理所当然的语气又说了一遍"那须美说啊"，然后一脸困惑地看着爱子的脸："她让我下次约会带你一起去。"

"你不会真的去吧？"

哥哥一如往常露出了威胁的眼神，像在说"你这家伙可不许来"。于是爱子就像条件反射一样，说："我去！"她想亲自去看看那个女人是什么情况。

启介起初一脸吃惊地说了句"你这家伙"，当他发现爱子看着自己的眼神异常强硬、充满挑衅时，就结结巴巴地说不下去了。

约会那天，启介突然走进爱子的房间，问："你穿这个去？"甚至翻起她连衣裙的下摆来检查。

"我穿什么都无所谓吧。"爱子推开启介。启介回头告诫："今天你去了之后，千万不能把看到的事告诉爸妈，明白吗？"他一脸威胁的表情，最后却流露出一丝软弱，离开了爱子的房间。

等爱子做好准备，启介已经出门了。他一定是害怕两个人一起出门会引起父母的怀疑。

爱子走到门外，看见启介正在之前那须美抽烟的电线杆后面心神不宁地抽烟。他看上去和那女人一样蠢，爱子差点笑出声来。启介看见爱子，掐灭了香烟，示意她过来，随即就往前走，爱子赶紧跟了上去。

启介大步走进爱子绝对不会想要光顾的那种咖啡馆，爱子也跟着进去了。那须美坐在最里面的四人卡座，呆呆地望着窗外，窗户上缠着假的常青藤。她一看见启介和爱子，就像体育社团里的后辈一样迅速站起来，说了声"今天实在是对不起"，然后郑重其事地低下头。爱子心里很疑惑，她默默在那须美对面坐下，和哥哥并排坐在一起。坐下之后，爱子觉得这种坐法有些怪，但启介和那须美似乎没觉得有什么不对劲。

启介见那须美还站着，他一脸紧张地像运球一样上下摆手，请她坐下，那须美这才坐到了椅子上。

爱子觉得这情景有点像面试兼职。

"今天真是对不起。"

那须美向爱子道歉。

"我觉得还是有第三者在场比较好。"

"在场"这个词让爱子感到困惑。似乎是趁爱子还没开口说话，启介匆忙从背包里拿出一个信封，放在那须美面前。

"说好的。"

"谢谢。"

那须美接过信封，里面像是一沓钞票。她随即从信封里抽出钞票开始数。

启介看到后惊慌失措："回家再数吧！"

那须美却不管不顾，熟练地把钞票摊成扇形。

"我怕数字有错。"

爱子惊讶地盯着钞票，那是将近两百张一万日元的纸币。启介在父亲的公司才工作五年，爱子无法想象，这么一大笔钱他是怎么攒下来的。上次她偷看哥哥的存折，余额是二十八万，爱子已经很为那数字感到惊讶了。

那须美说了声"没错"，又把一张借条似的东西放在启介面前，启介像是害怕那是什么脏东西，生怕别人看见似的，迅速塞进了外套的口袋。

启介站起来，说："去吃饭吧？"可他和爱子点的饮料还没来。

"不好意思，我今天还必须做好几件事。"

那须美冲他们鞠躬，看起来真的满怀歉意，她把信封收进包里。

爱子完全不懂自己为什么被叫来，她匆匆喝下等了很久才送来的冰激凌汽水。启介原本已经站起来了，见冰咖啡来了，也乖乖坐下喝起了咖啡。兄妹俩一心一意地用吸管吸着饮料，爱子觉得这场面一定很傻。她抬眼看那须美，只见那须美正看着她，表情如佛像一般慈祥。爱子赶紧把目光转回到冰激凌汽水上。

冰激凌融化在绿色的苏打水里，形成云朵似的泡沫，爱子用勺子舀起来送到嘴里，但味道不怎么样。这既不是冰激凌，也不是苏打水，不知道算是什么，爱子想，就像身处此地的自己。那须美情不自禁地说了一句："真可爱。"启介和爱子同时抬起头来。

"怎么说呢，你们两个的性格都好可爱。"

那须美好像有些害羞，她语速很快地说完，喝了一口黑咖啡。

　　和那须美分开后，启介装出一副若无其事的样子，但从他走路时非比寻常的速度就可以看出事实并非如此。

　　"你被那女人骗了。"

　　爱子嘟囔了一句，启介把插在口袋里的手拿出来，回头看爱子。

　　"借了钱，回去不知道要做些什么呢。"

　　听到爱子的话，启介眼睛睁得大大的，没等爱子说完就抓住了她的衣领。

　　"她不是'那女人'。"

　　说着，他把爱子推开。因为反作用力，爱子一屁股坐在了柏油路上。

　　启介也觉得自己做得太过火了。他把坐在地上的爱子拉起来，说："以后你一个人去见她吧！"

　　"以后是什么意思？"爱子问。

　　"你刚才没仔细听吗？"

　　启介脸上又露出威胁的表情。

那须美说每个月会还五万日元，不是转账，而是直接还现金，她想请爱子来负责收钱。启介说，你不是也点头了吗？所以她才这么说的。但是爱子根本没认真听，她只顾盯着那须美的手指。那须美的指甲随意地剪得很短，有些地方是绿色的，仔细一看，好像是夹了叶子之类的东西。也许是出门时剥了卷心菜——爱子想象着那须美在清晨寂静寒冷的空气中，赤手剥卷心菜的情景。那一刻，她反而觉得那须美很有清洁感。

"为什么是我去？"爱子问。

"我哪知道啊！"

启介一脸无趣地说完，便迈开脚步。

月底，那须美按照约定联系了爱子，约好在第一次见面的那家咖啡馆碰面。爱子到了以后，看见那须美和上次一样坐在最里面的卡座，正透过挂满假藤蔓的窗户向外张望。她一看见爱子就露出灿烂的笑容，挥手说："这里，我在这儿。"

她把装在蓝色信封里的五张一万日元纸币交给爱子。本来应该已经没有其他事了，可那须美还是跟爱子聊个不停。爱子一边疑惑，一边不知不觉谈论起现在的工作和家人。回想起来，她好像从来没跟别人说过这些。

爱子说"今天就聊到这里吧"，随即准备起身时，那须美说："你很可爱，所以可以尽情傻笑哦。"说着她咧嘴一笑，把账单拉向自己，动作像摸牌一样，脸上的表情仿佛在说，不管摸到什么烂牌都无所谓。爱子觉得她看起来很酷。

那须美走出咖啡馆，爱子追了上去。

"应该怎么做呢？"

虽然被人说了可以傻笑，爱子却不知道该怎么傻笑。

"什么？"

"怎么才能尽情傻笑？"

那须美或许是看到爱子脸上拼命探究的表情，忍不住哈哈大笑起来。

"觉得开心不是就会笑吗?"

那须美说完,又笑了。

爱子一次次在脑海中重复那须美的话,直到再也看不见她的身影。觉得开心就会笑,这太正常了,正常到会让人忽略。

然而爱子就像被困在网中的动物,她被困住了,动弹不得。她想起那须美今天的指甲,涂了一层白色的指甲油,像云母一样闪闪发光。

"卷心菜,然后是云母。"

爱子觉得这句话很像咒语,没错,也许就是咒语。虽然觉得已成定局的事情很难改变,但也许根本不必这样。

爱子想,可不可以去买下那个假皮毛做的蓬松的粉色包包?她真的很想要,但她知道妈妈一定会念叨,即使不念叨,她也明白那个包不适合自己。因此每次路过,她总是刻意不去看橱窗。

她从那须美交给自己的蓝色信封里拿出钱来。这大概是那须美用那双剥过卷心菜的手赚来的钱,她用这些钱买了云母一样闪亮的指甲油——想到这里，爱子觉得这些钞票非常自由，就像四处云游的人。

爱子路过便利店时取了五万日元，她把从那须美那里拿到的五万日元放进自己的钱包，把取出的钱放进那须美交给哥哥的信封里。

一想到这是那须美赚来的钱，她就觉得这些钱不应该拿去买平常的那些东西，用在那个蓬松的包包上正合适。

爱子直奔商店，看到自己要找的那个包包就像活的兔子一样，乖乖地蜷缩在货架上。

"要在镜子前试一下吗？"

听到店员的话，爱子摇了摇头，她请店员直接包好。在收银台，她用那须美的钞票换来了兔子包。回家的路上，见夜路上没人，爱子像放学后的小学生一样挥舞着装着包包的纸袋朝家走。

她把那须美交给自己的信封递给启介，启介毫无兴趣地"嗯"了一声接过来，随即放在客厅的玻璃桌上，连看也没有多看一眼。

　　爱子想，这家伙肯定是在故意强装镇定。果然，过了一会儿，启介就扔下电视遥控器，无聊地站起来，抓起信封上了二楼。爱子跟在他身后，悄悄从下面偷看。启介毫不知情，他在楼梯上打开信封，不停地摇晃，可能以为里面除了钱还会有别的东西，比如那须美的信之类的。当发现里面什么都没有，启介显然很气馁，像狗一样嗅着钞票。

　　爱子见状，发出"嘶"的一声。启介发现爱子在偷看，连忙跑上楼。

　　爱子恍然大悟——自己总是笑到一半就停下了，所以会发出"嘶"之类奇怪的声音，像喉咙里有什么东西卡住了。别停下来，只管笑就好了。她意识到，自己身上有些地方会让家人皱眉，自己一直以来都将这些地方藏着掖着。

　　爱子想到启介刚才吃惊的表情，又笑了起来。她发出"哇哈哈哈"的笑声，洪亮得把自己吓了一跳。启介听见了，从房间里探出头来。他一脸害怕地看着大笑的爱子，手里还紧紧握着那须美的信封。爱子看到这一幕，忍不住又哈哈大笑起来，边笑边想，这家伙是真的很喜欢那须美。

随着每月一次的见面，爱子才知道那须美并不是启介的女朋友。那须美和启介的前辈有些交情，前辈有天对启介说："你爸爸不是开公司吗？能帮个忙吗？"

那须美对爱子说，自己是后来才知道，启介好像为了自己把摩托车卖了。这么说来，爱子想起最近确实没见过启介的摩托车。那须美总说："是我的错，得弥补些什么。"爱子本来不打算说的，但还是忍不住了："哥哥好像真的很喜欢你。"最后也没忘了添上一句——他都已经二十七岁了，但绝对还是处男。

爱子本以为那须美会和自己一起笑，可那须美听完却陷入沉思——这样的话，我倒希望能帮上忙，但是考虑到以后……——她看着天花板。

"你有男朋友吗？"爱子问。

"什么？我已经结婚了。"那须美看着爱子说道。

"什么？"

"启介也知道的。"那须美喝了一口咖啡。

那家伙都知道了，还去闻钞票吗？爱子有些难过。

"我不是这个意思，我是说，如果和我牵连上了，后果会很严重。"

那须美说着，看了看爱子，忽然想到了什么："对不起，我和小爱也牵连上了，对吗？对吧？"

那须美双手抱头，仿佛很懊恼。

"到底是怎么回事？"

爱子盯着那须美追问，那须美只好说出了真相。

"我得了癌症，情况不太好。我想无牵无挂地离开，尽量不给活着的人增加负担。"

癌症——听到这个词，爱子的呼吸停滞了。她最近没见那须美抽烟，已经恶化到那种程度了吗？爱子感到一阵痛苦，才发现自己正屏住呼吸。

"我也想和你哥哥共度一夜，但是跟一个不久就会死的人做那种事，负担会不会太重了？"

那须美严肃地说。

她谈论自己病情的模样就像在说别人的事，让人感觉她所说的不是现实。然而，爱子的心却怦怦直跳。

"没有治疗的办法吗？不是有部分放疗吗？治疗费可能很贵，但我从小学就开始存钱了，我可以给你。"

爱子拼命地说着。她想到如果启介知道了这件事不知会有多伤心，就哭了起来。

那须美把手放在哭泣的爱子头上，说："你在想着哥哥？"

爱子点了点头。

"小爱真是个温柔的孩子啊。"

放在爱子头上的手在画着圈。

好像从来没有人摸过我的头，爱子想。可我却要失去这双手了——想到这里，爱子又哭了。

"别告诉你哥哥。"那须美说。

"我们也不会再见面了，他会慢慢忘记我的。"

那须美的语气很自信，她心满意足地喝光了剩下的咖啡。

　　和那须美说的一样，启介向在父亲公司里打工的女大学生告白了，进展似乎很顺利。明明距离圣诞节还有很久，却已经满脑子都是平生第一次的圣诞节约会计划。他翻看着爱子买来的女性杂志里的首饰特辑，故意自言自语，让爱子也听见："这种东西我根本看不懂啊。"

　　那须美的身体似乎越来越差，道歉的次数也越来越多："有车在等我，不能待太久，对不起。"

　　走出咖啡店，车子已经停在外面，那须美介绍驾驶座上的男人是"我老公"。爱子心想，真是毫无特色、十分普通的人。

　　交接完信封就早早回去的日子越来越多。尽管如此，那须美还是想尽量遵守承诺。她甚至连上下车都变得困难，开始从副驾驶座的窗户里把信封递给爱子，但是这样的会面也没能持续多久。有一天，爱子来到约好的地点，厢型车里只有那须美的老公日出男。

　　"对不起，那须美今天来不了。"他递出一个蓝色的信封。

"住院了吗？"

爱子问道。

"嗯，正在做手术。"

日出男的语气不慌不忙，爱子大吃一惊。

"你不用守在医院里吗？"

"就算我在，也帮不了什么忙。"对方笑着说。

爱子想，话是这么说没错，但……

"那须美想让我继续开店。"日出男抬起头，说道。

"她说，就算手术失败了，家里的店也不能关门。"

"我……"爱子想起了那须美说过的话。

"她让我尽情傻笑，就算她死了，也要尽情傻笑。"

那须美后来每次见到爱子时都会这么说。

"总觉得那须美说出来的话让人没法反驳，如果无视她说的话，后果会很严重。"

听到日出男这样说，爱子马上答道："我懂！"两个人忍不住笑起来。

爱子想知道那须美的情况，把联系方式给了日出男，随后日出男说要回去开店，便离开了。

那须美的手术很顺利，启介的恋爱也很顺利。当街道充满红、绿、金黄等圣诞特有的色彩时，爱子去了约定的咖啡店门口等待日出男。奇怪的是日出男一直没出现，是不是有什么急事？——就在爱子掏出手机时，她看见那须美正走过来，爱子不假思索地跑了过去。

"你的身体不要紧吗？"

和第一次见面时一样，那须美有些害羞，说："你太夸张了。"

她拦住了正要走进咖啡馆的爱子，问道："你想不想去看看真正的圣诞树？"

那须美所说的"真正的圣诞树"不是指用真正的冷杉树做成的圣诞树，而是高大到需要仰望的圣诞树。

"就是最近在车站前装饰起来的那棵圣诞树呀，我们去看看吧。"

这么说来，爱子还从来没有特意去看过圣诞树。那须美听说后说道，那是当然的。

"那种地方都是情侣才会去的。"

　　爱子为那须美的身体着想，坚持要坐出租车，但是那须美却撒娇地说想坐公交车。因此在黄昏时分，两人走到了公交车站。

　　上了车，那须美像孩子一样贴着窗户，仿佛不想错过任何飞驰而过的风景。

　　"要是也邀请你哥哥一起来就好了。"那须美看着窗外那些圣诞节还在坚持工作的建筑工人，说道。

　　"现在邀请哥哥可不合适，今天是他生平第一次在外面约会过夜。"

　　听到爱子的话，那须美惊讶得转过身来大喊："骗人的吧。"

　　启介在一家装饰了圣诞树的酒店订了套房，而爱子之所以会连房间号都知道，是因为在启介随手乱放的手机上看到了信息。

　　"妹妹真可怕。"那须美耸了耸肩。

　　"这么说来，哥哥今天要从处男身份毕业了。"爱子似乎第一次意识到这一点，她靠在座位上，感慨万千地仰望着车顶。

"比起圣诞树，我更想看这个。"那须美说。事实上，爱子也这么想。两人下了车，决定去酒馆打发时间。

那须美说自己病了，只能舔一舔啤酒，然后一口气喝光了三分之二杯，叹道"真好喝"。这句话听起来像是在说"我还活着"，爱子觉得自己正在度过一段非常宝贵的时光。

"为什么要这样等着看别人做爱呢？"那须美一边把鸡蛋卷分成四等份，一边哈哈大笑。

"我们是变态吧？"爱子也有同感，觉得很有趣。爱子不太能喝酒，却也喝了两杯啤酒。也许是因为喝了酒，她也和那须美一样哈哈大笑起来。没人阻止她们，身体里的一切似乎都迸发出来，爱子感觉很舒畅。

在看到圣诞树之前，那须美一直说"肯定是乡下地方的圣诞树"，但是当她看到圣诞树上闪烁着满满的灯饰时，还是坦率地发出了惊呼。爱子也不由得喃喃自语："好漂亮。"

两人像情侣一样抬头看了一会儿圣诞树。爱子回头说:"我们明年也来吧。"那须美愉快地回答:"嗯,好啊。"明明是爱子自己起的话头,可她明白这是不可能实现的愿望,不禁哭了起来。

那须美握住了爱子的手,看着吓了一跳的爱子,低声说:"现在哭太早了。"

随即又像唱歌似的说:"我还活着呢。"说完,她开心地抬头继续看圣诞树。

爱子觉得自己像个小孩——被谁握着手,抬头看着那棵高大的圣诞树。

"为什么我不是那须美呢?"

爱子一直这样想,此刻说出了口——不是说想成为那须美那样的人,而是想变成她,变成一模一样的她。爱子想就这样变成那须美活下去。听到爱子的话,那须美轻描淡写地说:"那就这么办吧。"爱子说:"怎么可能?"

"当然可以。"那须美回答得很轻松,"只要你自己这么想就行呀。没问题,我把自己给你,原原本本地给你。你看,就像落语家继承同一个名字那样。"

也许是在模仿某个落语家的语气，那须美说："尽管偷吧。"

两人找了个能看到启介酒店房间窗户的地方，坐下来，打开了温热的罐装咖啡。启介和女友好像已经登记入住了，透过窗帘能看见灯光。仅此一点，就让那须美和爱子兴奋不已。那须美说："好像在看烟花大会！"透过窗帘看到一点人影，两人就兴奋地叽叽喳喳说个不停。

"小爱，刚开始的时候可以尽情模仿，只要最终能成为自己想成为的人就行了。"一阵兴奋的交谈过后，那须美说。

爱子听着她的话，看向启介房间的窗户——哥哥现在也在变成自己想成为的人吗？

她忽然想起小时候和哥哥一起捕蝉。两人抓了很多，放在一个小篮子里，不知不觉，其中两只蝉的尾部连在了一起，爱子和哥哥都觉得那模样看起来恶心，就把它们扔到了草丛里。现在回想起来，应该是在交尾。不知道在那之后，雌性的蝉有没有用最后的力气爬到树上产卵？

"啊！"那须美叫出声来。

启介房间窗户的灯灭了。

看着那情景，那须美和爱子什么都没说。爱子本想说些什么来揶揄哥哥，此刻却觉得很严肃，或者说是神圣。不知是因为圣诞节，还是因为想起了蝉。

"下次灯亮的时候，"那须美说，"新的人生就要开始了。"

此刻的那须美也心情严肃，爱子想。

"我从来没有想过，世界上会有人想成为我。"

那须美叫住准备下车的爱子，说道。

"谢谢你，在最后一刻让我觉得自己真好。"

爱子站在漆黑一片的路上，久久目送着那须美乘坐的公交车里透出的亮光。

那是爱子最后一次见到那须美。

不知从什么时候起，还款方式转为了银行汇款，爱子也见不到日出男了。启介只会聊起新交往的恋人，没有再想起那须美。

第二年，当圣诞饰品开始装饰起整座城镇的时候，爱子不经意间看到一张寄到父亲办公室的讣告，她十分震惊。讣告是日出男寄来的，说那须美在四月去世了。说到四月，那时候爱子正在搬家。她搬出了父母家，在公司附近租了一个小的单间公寓。

那须美已经去世七个多月了——爱子曾经拜托日出男，如果那须美有事，一定要告诉自己，因为一直没有消息，她还以为那须美的病情已经好转了。爱子想，也许是那须美让他不要通知自己的。她没有流泪，她觉得那须美是坐在那辆窗户明亮的公交车上，去了某个地方。

四年后，爱子在那家咖啡馆里偶遇了日出男，两人不知怎的开始交往，甚至结了婚。最惊讶的人还是爱子。她说过要成为那须美，但从没想过，自己会在那须美去世后接过她留下的一切。

寒冷的冬日清晨，爱子徒手剥着刚刚送来的卷心菜叶。她想，如果那须美知道了事情的发展，会怎么想呢？一定会哈哈大笑吧——那须美才是最适合尽情傻笑的人啊。

爱子吸了吸鼻子，抚摸自己的小腹，温柔地向刚刚住进那里的小生命打招呼。

"快出来吧，我们一起笑。"

爱子想象自己用带着卷心菜味道的手抱着未曾谋面的孩子，嘴角松弛下来。多好啊——她想——自己对这一切都很满足。

她钻进被窝，关上灯，把这件事说给日出男听。"我也很满足！"对方不甘示弱地回答。他总是模仿爱子的样子，像个孩子一样。爱子扑哧笑了，没说什么。

在寂静的黑暗中，浴室的方向传来水滴声，爱子想起身去拧紧龙头，但她的身体已经沉入梦乡。忽然间，她想起高中时被要求从高处跳下的体育馆，想起了那只属于自己的奢侈的时光，还有如湖水般宁静的地板——那天我的确跳下去了，爱子回忆。落地的那一刻，自己被几块垫子温柔地裹住——什么嘛，一点儿也不可怕。爱子随即发现，自己跳下去的地方不是体育馆，而是一片草地。可以看到大楼的窗户，那里亮着一盏小灯。一个声音说，新的人生就要开始了。不知道是那须美的声音，还是自己的声音，爱子没弄清楚就已经睡着了。

第十一章

日出男一进客厅就反复说："树王来了，树王来了。"

他见鹰子还在剥豌豆筋，就把豌豆推到一边，又说："是树王啊，树王！"仿佛有些生气了。

"谁啊？"

鹰子仍旧泰然自若地剥着豌豆。日出男说："是树王来了啊！"他不耐烦地指着店里的方向。

见对方无论如何都听不明白，日出男索性拉着鹰子的胳膊把她强行拽到了店里。店里和平时一样空无一人，只有笑子在收银台前打盹。

"到底怎么回事？"

鹰子不满地看着日出男。

"明明刚才还在的。"

"谁啊？"

"都说了是树王光林。"

"那是谁啊？"

鹰子从没听过这么奇怪的名字。

"是那个漫画家，画了那须美喜欢的那个《铁拳制裁》。"

鹰子说："哦，是他啊。"听起来像是在说一个熟人。日出男非常不满："他的漫画累计卖了一千五百万册呢。"

他的意思是说：这么有名的漫画家大老远跑到我们家来，你应该像我一样兴奋才对。

"他刚才还问鹰子在不在。人应该还没走多远，我去开车。"

日出男已经拿出了车钥匙，冲到外面。鹰子叮嘱笑子看店，也跟着走了出去。

树王光林站在店门外的神社附近，在鲜红的鸟居下边，一边看着富士山，一边低声在打电话。他身穿一件丝质的白衬衫，系着白色漆皮腰带，还穿着白色皮裤。即便同样都是白色，凝神细看，会发现颜色和光泽都有微妙的不同。他看见鹰子，"啊"了一声，急忙挂断电话，态度和蔼地走过来。

"好久不见，我是树王。"

"您还特意跑这么远……"

鹰子有些过意不去，她低头致意。

目睹这一幕的日出男疑惑地说："不会吧？难道你们认识？"他交替看向树王和鹰子，一脸的困惑不解。鹰子尴尬地笑着说："算是认识吧？"随即又朝他笑了笑，仿佛在向他求助，说："对吧？"

鹰子去拜访树王的时候，那须美还在世。每次那须美翻开最新一期的漫画杂志时都会说——其他的都无所谓，可看不到树王《铁拳制裁》的结局真是让人伤心。鹰子于是大胆地去了一趟位于东京的出版社，请求他们告诉自己最后一集的情节，并保证绝不会告诉任何人。

这当然是不可能的，出版社的职员礼貌地拒绝了她。鹰子无论如何也不愿放弃，那天她在东京住下，第二天又去了出版社，请他们只透露一下主人公最后的生死。

在那之后，鹰子又去了三次东京，她赖在出版社的接待处。负责的编辑严肃地拒绝了她，还说画画的人是老师，自己也不知道接下来的情节。鹰子请求对方去问老师，编辑说——这不可能，创作这件事是很敏感的。对方一再重复，鹰子只好央求他让自己去见老师。编辑当然不可能把鹰子这种来路不明的人介绍给漫画家。他解释道，自己非常同情鹰子，但这根本就不可能。鹰子还是拼了命地央求。

"就不能请苹果老师帮个忙吗？"

"苹果老师是什么意思？"编辑吃惊地问。鹰子很抱歉："哎呀，真是的，我刚说了苹果老师吗？"不知为什么，鹰子从"树王光林[1]"这个名字联想到了苹果，不由自主地说出了这句话。

1　日本青森出产著名的苹果品种"王林"，另外"光林"二字的日语发音掉转顺序后也与苹果同音。

编辑把这事当成笑话讲出来，树王光林却很感兴趣，还说要直接向鹰子解释自己为什么不能透露结尾。编辑慌忙说没有这个必要，树王却不肯让步，他决定在东京的酒店里和鹰子见面。

鹰子来到东京，没把自己要去见树王的事告诉任何人。从眼前的情况来看，她知道对方会拒绝自己，但她想，如果是漫画家亲口拒绝，自己也只能接受。但她也怀疑，自己真的会放弃吗？那须美还那么年轻，怎么能放任她就这么去世呢。

鹰子在人行道上走着，一辆车忽然开上人行道，迎面停下。

这辆车也许只是为了停车才靠边，但在鹰子看来，这很不合理。就像那须美会去世一样，唐突得让人无法接受。

鹰子停在车前动弹不得。人行道被车堵住了，只要鹰子愿意，大可以绕开，但不知为什么，她就是做不到。

一个女人下车从后备厢里拿出两个装满洋葱的袋子，拎到对面的店里。因为鹰子站在她的车前，女人狐疑地瞥了她一眼，进了店。鹰子就这样寸步不离地站在车前。女人从店里出来，看到鹰子还在，吓了一跳。她赶紧钻进车里，稍微退后一段距离，像是要躲避鹰子似的转动方向盘，把车开走了。

车不见了，人行道上空无一物，鹰子感到一阵悲伤袭来。她意识到，自己只是在等待那须美离世。那须美去世这件事实在是太过重大，自己无力把它推到别处，或者绕过去。想知道漫画结局的人不是那须美，而是自己，是自己想尽快结束这悬而未决的痛苦。

树王光林——如果要用一句话概括——是个大块头，仅仅这一点就足够引人注目了。他斜挎着一个水滴形的包，透明的塑料容器里真的有水。树王看见了鹰子，当他站起来低头致意时，水滴形的包就像一大滴泪珠一样晃动。

树王默默听鹰子说完，说："我明白你的心情，但这是不可能的。"这种说法听起来很坦诚。

"其实，作为漫画家，我也完全不知道情节的走向。"他说。

一定是因为鹰子露出了惊讶的神色，树王继续说："是的，我也不知道。我甚至不知道这个故事会继续一年还是十年。"

"真的吗？"鹰子一脸惊讶地问。

"是的，就像人生一样。前方一寸都是未知。"树王说得很干脆。

"我明白了。"

鹰子垂头丧气地盯着树王的水滴形的包，就连坐下时他也没把它摘下来。树王每晃动一下肩膀，包也轻轻晃动，里面的手机和钱包看起来都像沉在水里。

"这个包，要怎么打开呢？"

鹰子忍不住想问，于是指着水滴形状的包问道。

树王一脸困惑，意识到她是在说自己的包，便亲切地打开来给鹰子看。

"你看，就是这样打开的。"

"真的，像贻贝一样。"鹰子发出惊叹，"真想让那须美也看看。"

鹰子刚一说完，眼泪就夺眶而出。她自己都对这突如其来的眼泪感到惊讶，还没来得及擦拭，泪珠就掉在了桌子上。

"真不好意思。"

鹰子急忙从包里取出手帕，树王拦住了她。

"能送给我吗？"树王问，"不……我绝不是什么变态。我是在收集眼泪。"

看到鹰子惊讶的神情，树王说："对了，我用这个眼泪形状的包来跟你交换吧？这样你就可以让那须美也看看了。"树王说着，把包里的东西都拿出来装进便利店的塑料袋。他注意到鹰子的目光，很遗憾地问："不行吗？"

"不，当然可以。"

听到鹰子的回答，他说："谢谢！"他先用手机拍了掉在桌子上的眼泪。真的像他自己说的那样，他是个收藏家，只见他拿出一个滴管和一个小容器，汲取了眼泪。树王高兴地把东西放进胸前的口袋里，又把空出来的泪滴形状的包递给鹰子。

"真的送给我吗？"

"当然，我才应该不好意思。"树王看起来真的很高兴。

临别时，鹰子跟树王说起那须美。那须美曾经说过《铁拳制裁》就是自己的地图。她说，姐姐这样的人不会迷路，不需要这些东西，但像自己这样四处乱走的人，需要一张树王老师画的地图来指引方向。虽然被那须美说是"不会迷路"的人，但事实上，现在鹰子自己也停了下来。她告诉树王，自己今天停在人行道的车子前一步都走不动。

"与其说是停下，不如说是只能看得见眼前的事了，对吧？"树王说，"你只能看到自己眼前的人行道。人一害怕起来，大脑就会变成那样。"

"我很害怕吗？"

"你在害怕失去吧？"

鹰子觉得他说得对，自己很害怕。那须美就要消失了，之后呢？

"可是，我们还没有失去她呀。那须美小姐还活着呢。"树王笑着说。

　　鹰子恍然大悟——我一心想着以后的事，所以才会害怕。

　　她告别了树王，在回家的路上，鹰子没有再哭。她的肩膀上挂着大大的眼泪，如果再哭，感觉会有些荒唐。

　　鹰子把泪滴形状的包送给那须美，说这是树王光林老师送的，那须美不相信。鹰子很后悔——如果当时能要个签名，或者拍张照片就好了。但是那须美既然说了"我不相信"，即便有签名和照片，她也一定会心存怀疑。

　　不过那须美非常喜欢这个包，她在包里放了润唇膏和零钱之类的小东西，去医院小卖部的时候总背着它。她总会不时摇一摇这个水滴形的小包，咯咯笑着说——我死掉的时候，如果每个人都哭成这样就好了。

　　时隔两年再见到树王光林，他瘦了一些，皮肤也变黑了。

　　他把一个大信封递给鹰子，说："我画了最后一集，给你带来了一份副本。杂志今天就要发行了。"

　　"您还特地送来？"鹰子惊讶得说不出话。

　　日出男从店里拿出用来签名的白纸板，笑子也拿着牡丹饼跑了过来，但树王的车已经开动了。他把身子探出窗外，说："希望这能成为鹰子小姐的地图！"

　　伴随着断断续续的声音，车子开远了。

　　鹰子从信封中拿出画稿，看上去清晰得不像是复印件，而像是手绘的。鹰子其实不懂树王的漫画好在哪里，她读完了所有连载，只感觉读得很艰难。

　　鹰子努力一字一句地读着。她没能掌握故事的全貌，也不明白自己应该为哪个情节而感动，但她还是读完了。最后一帧上没有"完"也没有"结束"，而是大大地写着"继续吧！"。

　　鹰子的心猛地一颤，这个词仿佛是树王对众生的祝福。众生之中，大概也有自己，有那须美，有笑子和日出男。没错，所谓的活着，就是"继续吧！"。

　　那须美离开了，鹰子的人生还在继续。即使鹰子离开了，其他人的生活也还会继续。

"喂，你要到签名了吗？"

听到日出男的话，鹰子反应过来——自己又错过了。

"照片呢？"

"对不起。"

"啊——都没拿到吗？"

就连从没读过树王漫画的笑子也露出失望的表情。

鹰子笑了，她在心里说：但是，我得到了很多。

没人知道鹰子得到了什么，也许连树王自己都不知道。鹰子想：也许我也给了树王一些东西，但我不清楚那是什么，只是我们彼此都明白，我们给予了，也得到了。

至于给予了什么，又得到了什么，没人知道。正因为如此，它才会永远留存在我的心里。

第十二章

好江第一次见到夏美时，是主任为两人做的介绍："小江，你照顾一下。"好江觉得这个女孩称得上漂亮，个子虽然不高，但身材苗条。她还记得自己毫无来由的敌意。好江曾经暗暗腹诽，假如自己是男人，绝不会和这种女孩交往。但是熟了以后，她发现对方是个挺有意思的人，脑子灵光，或者说，善于倾听，做出的回答也很有条理，交往起来很令人愉快。

那时夏美刚搬到东京，还有些土气，但很快就变漂亮了。好江起初以为她是那种走捷径的女孩，很快就会辞职，但夏美在工作上从不偷工减料，也不会拖拖拉拉地拖延时间，做得很努力。好江想——明明人这么漂亮，工作还做得这么好！

后来她知道了夏美的真名是那须美，那时两人的关系已经要好到可以结伴去香港旅行。夏美不肯给好江看护照，好江以为她是在年龄上做了假，没想到她一直在隐瞒的其实是自己的名字。好江不禁追问"为什么"，夏美恼羞成怒，第一次露出了生气的表情："因为我的名字是那须美呀！"好江心想，有什么关系，不是挺有创意的吗？但因为当事人很生气，她没有说出口。

　　好江和那须美在一家主营大楼清洁业务的公司工作。因为没有其他年龄相仿的同事，两人下班经常一起回家，在咖啡馆或小酒馆里大说特说老板或客户的坏话，挺开心的。可那须美还是辞职了，好江不止一次地叹气抱怨，但那须美心意已决。她一如既往地按时完成了工作，把储物柜里的东西塞进纸袋，向好江挥了挥手，很快离开了公司，再也没有回来。

　　后来，好江听人说起那须美在便利店和干洗店打工，但两个人也没有再见过面，她自然而然就忘记了那须美。

　　所以当那须美时隔多年突然来到好江工作的地方，说自己要离开东京回老家时，好江十分惊讶。那天晚上她们一起吃了饭。好江邀请那须美去居酒屋，

但那须美说自己已经戒了酒，她说完大笑起来。好江
事后想到，想必那时她的病情已经恶化了。两人还是
像以前一样吃了很多，说了很多话。好江说了上司的
坏话，上司已经换成了那须美不认识的人，但她还是
像以前一样附和着说："这人真笨啊。"好江于是心情
愉快地继续说了下去。那天，那须美几乎没有聊到自
己。两人离开时已经过了末班车的时间，好江邀请那
须美去自己家过夜。那须美本来是打算去的，但她在
黑漆漆的三岔路口突然停下，说还是要回家，然后走
到了与好江家相反的路上。那条路并不通往车站，好
江问她要去哪里，那须美回头笑了笑，说："你要好好
干啊！"随即就消失在夜色里。那是好江最后一次见
到那须美。

　　好江自己直到四十五岁也没结婚，仍然在同一家
公司工作，还在公司里交了一个男朋友。那人在东日
本大地震时囤积了大量的饮用水、纸巾和杯面，还为

此颇为得意。这让好江看清了他的人品，也无心再交往下去了。

两人的关系一直拖拖拉拉的，直到第二年春天。

"对了，听说夏美死了。"

好江听到正在谈分手的男人这样说。她把自己要说的话忘到了脑后："假的吧？什么时候？是假的吧？什么时候的事？"

好江反反复复地问着。男人似乎很不耐烦，但他还是一直用手机跟朋友联系，收集夏美的信息。

夏美是在一家能看到富士山的医院里，在樱花盛开的时候去世的。好江仍然觉得这是假的——又是富士山又是樱花的，哪会有这种事？她感到难以置信。那须美说的"好好干"，是这个意思吗？就像富士山上的樱花一样吗？她转过身想问，才发现房间里没有人。男人趁好江发呆时离开了，钱包里少了三万日元，好江买的数码相机也不见了。自己似乎发呆了好一阵子，冰箱里的冰激凌也都被吃光了。好江"呸"了一声，朝冰箱的侧面踢了一脚，蹭破了小脚趾的皮。

　　直到脚上的伤口快痊愈了，好江才开始收拾那个男人留下的东西。他没车，却买了一堆汽车杂志。还有许多没开封的十个装的碱性电池，扔得到处都是，差不多有十包，也不知道是准备拿来干什么的。破旧的Ｔ恤和内衣塞在壁橱里，不知道洗没洗过，好江徒手触碰这些都觉得恶心，于是她用做饭的料理夹把它们夹进了垃圾袋。好江想，等打扫完毕，这个夹子也要进垃圾桶了。一个圆柱形的胶卷盒从这些东西里面滚了出来。好江很久没见过胶卷盒这种东西了。她打开盖子，里面是两块白色的碎片，不是塑料，更像是象牙或者石头之类，是某种自然的产物。胶卷盒上用黑色马克笔写着日期，看着看着，好江忽然想起来了。

　　上面的日期是清洁公司欢送会的日子，好江记得那天是科长的欢送会。科长身材矮胖，大家都在背地里叫他"噗噗熊"——因为妻子手织的背心有些小，他时常会露出肚子。"噗噗熊"把那须美当成眼中钉，会仅仅因为是那须美负责的工作就让她重新打扫，或者让客户找她的麻烦，总之会使出大大小小的手段骚扰她。那须美却总是一脸不屑地笑着说："干活去吧！"她曾告诉过好江，她知道科长为什么会针对自己，但没有详细说明原因。

　　欢送会时可就不一样了。那须美从一开始就很生气，对科长的态度也气冲冲的。出发去续摊之前，那须美拍了拍手捧花束的科长的肩膀，在他转身的瞬间，那须美毫不犹豫地在他脸上狠狠打了一拳。科长向后一仰，没有摔倒。因为事情发生得太突然，他一脸疑惑，用傻乎乎的表情看着那须美。那须美的愤怒没有就此平息，她又一次重击了同一个位置。科长吼了一句"你这家伙"，把那须美的身体摔向地面。那须美的脸摔在柏油路上，血溅得到处都是，嘴里还飞出了什么东西。可她还是站了起来，喊道："你对加藤由香里做了什么？！"

　　加藤由香里是去年刚进公司的女孩，好江看见她脸色苍白地站在一旁。

　　科长嘟哝了一句"什么"，就沉默了，随即喊道："跟，跟你没关系吧！"

之后他看着加藤由香里，用威严的语气说："发生什么事了吗？"

所有人都看向加藤由香里。她露出为难的神色，低着头小声说："没事。"

科长瞬间变得理直气壮，说："你看！不是说了没事吗？你这个笨女人！"他又一次把那须美推倒在地，向车站走去。

那须美慢慢站起来，从鼻子到嘴巴都沾满了血，但她没有擦拭，而是用一双要杀人似的眼睛盯着科长的背影。

好江终于能动了，她用手帕为那须美擦脸。还在原地的同事都装作事不关己，纷纷离开了现场。

好江找了家安静的咖啡馆，让那须美坐下来喝水。那须美这时终于平静下来，她说了句"对不起"。

"那家伙骗了加藤，把她的孩子打掉了。"那须美把香烟按进烟灰缸里说道。

科长和加藤由香里发生了关系，得知有了孩子后，他骗加藤由香里说有朋友在开妇科医院，可以免费检查，然后在那里给加藤做了堕胎手术。

好江惊讶得说不出话来。

"加藤哭了，说她很不甘心。那是当然的啊！这不就是暴力行为吗？是最可恨的暴力行为。"

好江想起加藤由香里说"没事"时那苍白的脸。

"她只是对我哭，又没拜托我做什么，是我莽撞了。"

好江能感觉到那须美话里的懊恼。

"我当着所有人的面说这种话，只会让加藤为难吧。"那须美说完，喝了一口眼前的咖啡。虽然是慌不择路随便找的一家咖啡馆，咖啡却好喝得令人难以置信。

"对不起。"那须美又道了歉。

"走，我们去找找吧。"好江说着，站了起来。

"找什么？"

"找牙齿啊，你的牙齿。"

"哦，牙齿。"

那须美用舌头舔了舔缺了一半的门牙。

"找到以后用强力胶粘回去吧。"

"什么，用强力胶粘？"

"又不是从根部断的，去看牙医的话肯定要花一大笔钱，保险也不赔做假牙什么的。"

那须美终于意识到自己做了一件鲁莽的事。

"怎么办啊？"她的语气是如此诚恳而迫切，以至于两个人都大笑起来。

两颗牙齿并排掉在了人行道的一棵树下。

"好像碎杏仁。"那须美笑着说。

两人在堂吉诃德[1]买了强力胶，找了一台灯光最亮的自动售货机。好江让那须美面对售货机站着，想帮她把牙粘回去。但牙齿比想象中要薄，很难粘住。那须美不耐烦了就忍不住要说话，这么一来就更难粘了，好江气得叫出了声。在路边做这种事本来就很匪夷所思，那须美提议去看牙医，好江也就放弃了。

两人放在自动售货机前的黄色购物袋被风吹走，好江赶紧过去追，但没抓住，袋子不知去向。她看着

1　以廉价为卖点的日本大型超市。

那须美的脸，懊恼地说："收据还在里面，我本来想拿去公司报销的。"

风不仅吹走了塑料袋，还吹乱了好江和那须美的头发，两人却依然站在强风里。

那须美握紧手心里杏仁一样的牙齿碎片，突然哈哈大笑，说："我绝对不会忘记今晚。"

好江也一样。

"补牙的钱怎么办？"好江问。

"没办法，只能卖掉钻石了。"

好江心想，都这样了，还有心情扯谎话。可第二天，那须美真的带来了一枚爪镶的钻戒，下班后两人一起去了当铺。戒托是白金的，对方开价四万八千日元，说钻石有伤痕，只能卖六万日元。好江天真地替那须美开心："一共能卖十万，太厉害了！"但那须美最后只卖了戒托，拿走了四万八千日元，留下了小小的钻石。好江不住地问她为什么不把钻石也卖了。

"没了戒托，剩下的这颗钻石，看起来就像妈妈的眼睛。"那须美的回答有些不知所云。

钻石在出租车前灯的反射下闪闪发亮，仿佛是自己在发光。

"妈妈一定希望你把它卖掉，好好补牙。"

"是啊。"

那须美也点点头，却又语气坚决地说："不够的那部分钱我会再想办法。"她把钻石收进放戒指的胶卷盒里。

在一片狼藉的房间中央，好江握着装有那须美牙齿的胶卷盒动弹不得。她无法接受那须美已经不在的事实，好像自己心里某个类似于"初心"的部分也在摇摇欲坠。我不相信——好江握着胶卷盒，仿佛在向自己起誓。

后来好江搬了两次家，她一直没有丢掉那须美的牙齿。那须美说钻石是妈妈的眼睛，那么那须美的牙齿是什么呢？牙齿还是牙齿。好江没有那须美那种能把东西比作什么的能力和品位。

　　搬来和她同居的男人们一旦发现那须美的牙齿，都会嚷嚷着让她把死人的牙齿这种恶心的东西扔掉。所以好江会小心翼翼地把它藏在隐蔽的地方。可是，当晚上她又和男人发生争执，看见静静藏在厨房架子角落里的胶卷盒，好江总会感到难过。她回忆起那个欢送会的夜晚，只有那须美充当了反派角色，心里愈发难受。加藤由香里说"没事"的时候，谁都没有动，然而在场的每个人其实都站到了平时谁都讨厌的科长那边。不是因为科长是对的，而是大家都下意识地认为"站到那须美那边对自己不好"。说实话，好江那时候也是这么想的。她知道那须美当时瞥了自己一眼，但好江假装没留意，她装出一副正在思考的表情。她跟那须美讲话，也是等大家都朝车站走远之后。当其他人的目光从那须美身上移开，她才终于发出了友善的声音。

　　对那些把那须美的牙齿当成脏东西，想要扔出去的男人们，好江始终无法附和着说："是啊，好脏。"因为那须美已经死了。就算是死了，也不能这样侮辱她。

　　因为那须美而吵架分手的男人是一个妈宝男，刚认识好江时，对方曾炫耀说"我妈妈还保存着我的乳牙"。好江不明白这有什么好炫耀的，她姑且回了一句"好厉害"。那人却特意找到好江藏起来的牙齿，执着地问："这是什么？究竟是什么？"好江回答"没什么"，对方却更感兴趣了，拿出里面的东西仔细观察，不住追问："到底是什么？"好江没办法，只好老老实实地说："这是死去的朋友的牙齿。"那人夸张地"哇"了一声，把那须美的牙齿扔到阳台上，自己跑到厨房疯狂地洗手。

　　对活着的人的牙齿可以说"真厉害"，为什么对死去的人的牙齿就会觉得恶心呢？好江无法理解。

　　不光是妈宝男，其他男人对牙齿的反应也大抵如此。好江就这样被反复提醒——"死亡让人厌恶"。

　　明白这一点后，她把那须美的牙齿塞进壁橱的角落里，以免被人看到。在那之前，她曾把它扔进了垃圾袋，但身边没有别的东西可以纪念那须美，最后还是忍不住从垃圾袋里捡回来了。垃圾袋里还有"摩斯汉堡"的包装纸，胶卷盒因此沾上了番茄酱，好江于是换了一个薄荷糖的盒子。她想到那须美在世的时候，这种如今随处可见的糖果还不存在呢，于是又哭了一会儿。她觉得胶卷盒也是那须美生前的证据，于是用洗涤剂清洗干净，晾在阳台上。

胶卷盒是单调的圆柱形，薄薄的盖子不是旋盖，而是压盖。现在即便是一次性的塑料也都是更清晰的透明塑料，但那时可能还没有这种技术，盒子的透明度像是磨砂玻璃，从外面能模糊地看出那须美牙齿的形状。

其实，好江觉得应该把那须美的牙齿送回她的老家，据说那里能看到富士山。但是她和那须美的记忆只存在于位于东京一隅的小酒馆、便宜的酒吧和二十四小时营业的咖啡馆里，两人在那些地方喋喋不休地交谈。"那种鸟不拉屎的地方，我可不想回去。"这种话她听那须美说过好多次。因此无论具体是什么地点，她都想先把牙齿留在"东京"这个地方。

好江从那时起开始对"抗衰老"产生了兴趣，为此投入了非同寻常的精力。她辞掉工作了多年的清洁公司，去了一家销售"神奇饮用水"的公司。这是一家推行强买强卖的直销公司。好江以前的朋友很快都消失了，等她回过神来，身边已经尽是些成天只会空想美好未来的上了年纪的人。

尽管如此，好江还是努力工作。她的性格本来就较真，因为受到上级器重，好江满心希望自己能满足他们的期望。

一天，她把一些文书工作带回家，一直工作到半夜，忽然听见哈哈大笑的声音。笑声持续不断。好江打开窗户，外面只有路灯亮着，路上连一条狗都没有。她看了看时钟，现在是凌晨两点半。关上窗户后，"哈哈哈"的笑声又出现了，仿佛在嘲笑好江。声音像是从壁橱里传来的，有些吓人。好江既睡不着觉，也不能继续工作。她下定决心打开壁橱，装着那须美牙齿的胶卷盒掉了下来，她才明白，原来那是那须美的笑声。

好江早就知道，自己的工作算是灰色地带，只能勉强逃避法律的制裁。公司里的上层人士大声宣称人人都有平等的机会，但其实都是谎言，只有最初的几个人才能赚大钱，其他人就算再怎么努力工作，收入也比不上那些上层的人。尽管如此，好江还是坚持了下来，因为她不能忍受以前所做的努力全都白费。

"别太小气了！"

那须美肯定会这么说。

——我知道。我知道，但我不愿意承认自己走错了路。仅此而已。

好江晃动胶卷盒，希望那须美能再笑一次。"喂，我已经四十九岁了。"即使她向那须美搭话，也只能听见胶卷盒里发出干瘪的咔啦咔啦的声音。好江非常想见那须美，越是这么想，就越是意识到时间无法倒流，她忍不住潸然泪下。现在回忆起来，自己和那须美一起度过的时光在别人眼里恐怕也是一段糟透了的日子，可为什么会哭个不停呢？

她想起那须美说的最后一句话。

"你要好好干啊！"

在清洁公司孜孜不倦地工作，不怎么像是"好好干"，好江于是辞去了工作。她想去一个能让自己更好、更能认可自己的地方，那才是"好好干"。"好江，你胆子太小了。"那须美经常这么说。所以她才下定决心，毫不畏惧地投身另一个世界。

"喂，我现在干得不好吗？"

好江在空荡荡的房间里问道，但那须美没有回答。

第二天，好江递交了辞职申请。公司一再挽留，她断然拒绝，对方态度一转，变得强硬起来。最后公司让她付钱领走库存商品，好江付了二十八万六千日元才得以辞职。

好江回到了以前那种维修公司。新公司的规模与她以前所在的公司相比有所下降，而且好江还是临时工。后来在一个同事的介绍下，她开始在一个小公寓当管理员。

好江依然对"抗衰老"很感兴趣，她买了市面上所有相关的书籍，经常浏览网络，不断寻找最新的信息。既没有钱又没有时间的好江开始实践自己独特的美容方法。

　　好江的博客引起了关注，有出版社提议为她出书，好江很兴奋。虽然还没和出版社的编辑见过面，她却给父母打了电话："悄悄告诉你们，我可能会出书呢！"也偷偷告诉了公司的人。

　　第一次和编辑约在咖啡店见面开会，为了不让对方看轻自己，好江买了一条新的连衣裙，进而又担心会不会显得用力过猛——正当好江胡思乱想的时候，出版社的编辑到了。看见对方的脸，好江大吃一惊，是加藤由香里。有点上了年纪的加藤由香里露出尴尬的笑容，说了一句"好久不见"。

　　两人约好见面的咖啡馆正是好江带着满脸是血的那须美来过的那间，加藤由香里坐的也是那须美坐过的位置。当时的画面毫无关联地浮现出来，好江已经想不起来那个告知自己那须美死讯的男人长什么模样，但那家伙当时穿的 T 恤衫的图案，胶卷盒里咯咯作响的牙齿，还有找到那颗牙齿时阳台植物下面那潮湿的上壤，这些画面混杂在一起，在她的脑海里一同流转播放。好江手里的咖啡杯在颤抖，她浑身发抖，自己也吓了一跳。好江好不容易松开杯子，对加藤由香里只说了一句："就当没有这回事吧。"然后跌跌撞撞地走出了咖啡店。

她根本来不及看加藤由香里的脸上是什么表情，满脑子都是自己的声音："怎么可能，不行啊，不行不行。"和加藤由香里共事，无论怎么看都是对那须美的背叛。

好江感觉满腔的怒火无法平息。偏偏在这种时候，公寓的电梯门会在中途打开。外面没有人，好江感觉自己被耍了，不耐烦地按了好几次"关门"按钮。

在那之后，加藤由香里给她发过好几封邮件，也打过好几次电话，内容都是"这绝对会是一本好书，我们一起加油吧"。她一次都没提到过那须美，好江为此很生气。

但说实话，对于自己的书能够出版的喜悦，她还是无法释怀。每当父母或同事问起书的事，她都不得不挤出笑容来应付，但也快瞒不下去了。可是一想到那须美，她无论如何都觉得，自己如果和加藤由香里关系融洽地共事，那就成了对那须美的背叛。她进入房间打开灯，与放在电视柜上的胶卷盒四目相对。

"放心，我不会的。"好江向那须美保证。

她觉得如果不这样提醒自己，就会变回那个曾经在"神奇饮用水"工作的意志不坚定的自己，她继续忽略加藤由香里发来的联络。

大概到了第三次，好江开始觉得奇怪。那次之后，好江乘坐的电梯一定会停在五楼，外面肯定没人。不知道这是小孩的恶作剧还是什么灵异事件，好江觉得这一定是谁有意为之，心里很不舒服。

加藤由香里在联系了好江几次之后，似乎也觉得不能再继续胡搅蛮缠了，于是她发来了一封邮件，说道"我的一意孤行给您添麻烦了"，再三向好江道歉。她说，这是最后一次请求，读者一定会喜欢你的书，自己很有信心，请再考虑一下出版的事吧。好江在电梯里一边读邮件，一边想着那须美——如果是那须美的话，一定会犀利地斥责"别小看我"。正当她这样想的时候，电梯门打开了，伴随着一声"五楼"，外面果然没有人，门又静静地关上了，好像什么都没有发生过。"啊！原来是这样！"好江忽然明白了。刚才她把"五楼"听成了"误会"[1]——是那须美不断想要告诉好江"这是误会"，才一直在五楼打开电梯的门。

是啊！好江想起来了，那须美不是那种小气的女人。自己和加藤由香里一起出书，那须美没有理由不高兴。她在听好江说话的时候总是会把好江说的都当成自己的事，打心底里为她打抱不平，又或者高兴得像个傻瓜。就算发生了什么让人气恼的事，随着时间的推移，两人也会像闹成一团的小狗一样开怀大笑。好江心想，那须美不知帮了自己多少。不断被男人抛弃，也无法从清洁公司辞职，就这样老去，条件越来越差，却束手无策，最后一无所有——自己仿佛活成了垃圾。那须美却从来没有对好江说过"你应该这样做""快去做那些"，她只是告诉好江不要绝望，一直持续不断地这样告诉好江。这是个误会——如果那须

---

1 日语中"五楼"与"误会"同音。

美现在还在这里，她一定会为出书的事感到兴奋。好江觉得自己好可怜，竟然把这些理所当然的事都忘得一干二净。

决定和加藤由香里一起工作后，电梯就不再停在五楼了。就算停下，也会有人上来，"五楼"听起来也只是"五楼"。好江有点寂寞。电梯报楼层的女声比那须美的声音要高，听起来有些装腔作势，和那须美完全不一样。尽管如此，好江还是想再听她说一次"误会"。

加藤由香里带着五本印好的样书来到好江家。明明只是无名作者出版的消耗品似的工具书，装帧却精美得让人想珍藏起来。好江一想到自己不认识的人的家里也会摆上这本书，便感到不可思议。她恭恭敬敬地把一本样书放在装着那须美牙齿的胶卷盒前。

"这是什么？"加藤由香里也走到电视柜旁。

"这是那须美的牙齿。"好江解释道。

"我能看看吗？"加藤说着，打开盖子，把一块杏仁似的东西倒在手心里。

"是那个时候的……"加藤由香里说不出话来，之后只顾着痛哭流涕。好江第一次发现，加藤由香里也对那须美怀抱着某种感情。

止不住泪水的加藤由香里用手帕擦了擦脸颊，鼻音很重地问道："可以给我一个吗？"

这是第一次有人说想要那须美的牙齿，或者说，是第一次有人对那须美的牙齿怀着和自己一样的想法，好江简直不敢相信。

"我要那个小一点的就行。"

加藤由香里用被泪沾湿的手帕小心翼翼地包好牙齿的碎片。手帕上有玫瑰图案，看起来像是把那须美小心翼翼地裹在了被子里。

加藤由香里四处奔走，找了一家书店为好江举办签售会。好江不觉得这个世界上会有人想要自己的签名，但是当她来到书店，发现自己的博客似乎真的很受欢迎，已经有八十多个人在排队了。

好江觉得自己的字不好看，不太愿意签名，但签了十几个人之后，她渐渐习惯了，甚至还会和读者微笑握手。她询问每个读者的名字，写下来，再写下自己的名字和日期，终于能够顺利完成这一系列的动作。此时，好江低着头问道："您的名字是？"

对方低声说"那须美"，好江忍不住抬起头，看见那须美正拿着自己的书站在那里。正是那天晚上喝完酒分手时的那须美，是对好江说"你要好好干啊！"的那个那须美。

好江激动得说不出话来，只能用心地写上"致那须美小姐"。她边写边想，真是个奇怪的名字，一辈子也忘不了。写上自己的名字和日期，好江把书递给对方，那须美接过来，说："你太紧张了。"她笑着离开队伍，消失在读者中间。好江想要追上去，却做不到——自己在队伍的最前面呢。要做的事才刚刚开始——那就是不要绝望，要活下去。

"所以啊，无论是死是活都没什么大不了的。"好江一边听着那须美的话，一边在一册又一册打开的书页上写下自己的名字。

第十三章

小光心想：因为我们只有八岁，班主任内林就当我们是傻瓜。今天的作业是去问"家里的秘密"——能说出来的还算什么秘密？但朋友小咲说："随便写写就行了。"

　　"随便？怎么随便？"

　　"比如妈妈说自己的体重是五十六公斤，但其实是六十二公斤之类的。"

　　"这样也行吗？"

　　"当然啊，不用在这种地方实事求是。"

　　实事求是，这是小咲最近的口头禅。

　　"唔，体重啊。"

　　"体重不行了，我要用。"

　　"那我写什么呢？"

　　"体脂率？"

"体脂率吗？"

"还有尿酸值之类的。"

"尿酸值是什么？"

"我也不知道，不过升高了好像会不太好。"

小光在嘴里反复念叨着"尿酸值""尿酸值"，像是怕自己会忘记。因为，如果自己在家里随随便便使用刚学会的新词，母亲爱子会哈哈大笑。

小光的新词通常都是从小咲那里学来的。小光觉得小咲的嘴巴就像商业街用来抽奖的转盘，转一圈会出来一个球，不等取出来就又转了一圈，又有新的球出来，节奏总是很快，让小光觉得新奇。

小光每次问家里的笑子老太太："你要洗澡吗？"她就会"唔——嗯"地开始思考，身体的动作也随之停止，小光只好无可奈何地先去做其他事。等她回来，发现笑子姑婆已经维持着同样的姿势睡着了。小光希望笑子姑婆的节奏能快一点，但是父亲日出男告诉她，随着年龄的增长，人对时间的感觉会发生变化。那是怎么回事呢？小光想，同样的时间，不同的人却感觉有长有短，听起来很不可思议。

日出男说："比如玩游戏的时候会觉得时间过得很快，但是看牙医时会觉得时间很漫长。"

小光很惊讶——真是这样！在一旁听着这番话的鹰子，放下正在看的报纸，摘下眼镜说："人的一生，也是因人而异吧？那须美四十三岁就去世了，我们总觉得太短，可她本人也许觉得自己活得和普通人一样长吧。"

日出男"嗯嗯"地点头同意，他说："那须美也常说，自己活了别人的五倍那么长。"

小光经常听到"那须美"这个名字，但不知道她是什么样的人。她也不太了解鹰子。虽然两个人都是自己的姨妈，但妈妈爱子之前曾经说过："严格来说不太一样。"

小光认为，"严格来说"和小咲所说的"实事求是"是同一个意思。

世界上有很多"因为太麻烦，姑且先这么办"的事，深挖这些事的时候就会用到"严格来说"和"实事求是"。

　　小光想，这可能就是"家里的秘密"。她决定今天去问问妈妈，把这事弄个清楚。这可比体脂率更像秘密。

　　妈妈在商店的收银台前织毛衣，好像是用钩针和翡翠绿的棉线在给小光织一件上衣。她做得很粗糙，到处都是洞，小光暗自希望这件上衣永远不会完工。

　　如果错过这个时机，妈妈之后会去叠衣服，叠完衣服之后她又会去厨房里做晚饭，然后就忙着收拾东西，盯收据，记账，做伸展运动，洗澡，接着是打扫浴室——会忙得不可开交。

　　"妈妈，我想知道关于那须美的事。"

　　小光只看过那须美的照片。照片里的她永远不会变老，所以小光一直称她为那须美。

　　"想知道什么？"

　　妈妈一边数着针数一边应道。

　　"那须美是我的姨妈吗？"妈妈的注意力都在毛衣上。

"差不多吧。"

"如果那须美还活着，我应该叫她那须美姨妈，对吗？"

"那你就不会出生了。"

妈妈理所当然地说。

小光惊讶地愣住了。她很不安——这是怎么回事？可妈妈一脸若无其事地扯着毛线。小光慢慢离开了妈妈身边，她不敢再听下去了。

仓库里堆放着很多纸板，小光抱着膝盖坐在纸板的缝隙间，抬头仰望天花板。只有这里的灯还是白炽灯泡，墙上的啤酒海报大概在小光出生之前就贴在那里了，飞蛾在海报上爬行。

"那你就不会出生了。"妈妈这样说。

小光无论如何也无法想象自己没有出生的情景。这是不是意味着，没有自己，大家也都无所谓？一如往常地继续吃饭、工作……真的吗？小光想到这里不禁吃了一惊——真的。因为那须美突然从大家面前消失了，可大家还是若无其事地吃饭、工作，还会笑。

　　爸爸甚至在那须美死后和妈妈结婚了。小光想到这里吓了一跳，她意识到如果那须美还活着，自己真的不会出生。也许鹰子阿姨每次看到自己，都会想起已经不在的那须美。难道都是因为那须美死了，自己才能一边吃着硬是让姑婆做的放了巧克力片和爆米花的牡丹饼，一边说着"太好吃了"？

　　小光偷偷往店里看了一眼，妈妈正在和客人说笑，咯咯地笑出了声。这时日出男走过来说了些什么，妈妈笑得更厉害了。小光仿佛看见了什么非常可怕的东西，赶紧把身体缩回纸板的缝隙里。

　　一只飞蛾死在小光的面前，她抬头，看见有着同样花纹的飞蛾还在海报上爬行。在小光看来，两只是完全一样的飞蛾，一只活着，一只死了。有什么不一样呢？小光想。就在这时，她好像听见喉咙深处发出的声音。

　　"因为栖居。"那个声音说。

　　是说活着的飞蛾里栖居着什么，死了的就没有了吗？小光抬头等待答案，但是没有人回答。

晚饭时间到了，笑子姑婆还没出现，日出男开玩笑说："不会是去世了吧？"说完笑了。妈妈正端着一盘豆皮寿司走进来，也哈哈大笑起来。小光一点都笑不出来。如果是昨天，她还可以和其他人一起大笑，但是今天的小光明白了人是会死的，死会突然降临，这对她来说是沉重的负担。

妈妈对小光说："去叫姑婆过来。"小光站起来，心想，要是真的死了就太讨厌了。

姑婆的房间里开着电视，没有人。一块吃了一半的煎饼放在茶杯上，杯子里的茶也喝了一半。有那么一瞬间，小光感觉很糟，好像姑婆真的离开了。

她朝盥洗室望去，太阳已经落山，天色昏暗，那里也没有老太太的踪迹。牙膏和杯子静静地摆在老地方，光线给人一种不祥的感觉。

这时，从厨房的方向传来了老太太的声音："啊，钻，钻，钻……"小光跑过去，看见老太太仰面朝天，指着天花板大喊大叫。

她朝老太太指的方向望去，什么也没有。

"钻，钻，钻石！"老太太终于说了出来。她艰难地站起来，双手抱头，绕着柱子一边打转一边大叫："没有，没有了！钻石丢了！"说完又蹲下身子。

　　笑子姑婆说，她正在看电视购物节目，忽然想起了家里的钻石。

　　"我们家里有钻石吗？"小光惊讶地问。这件事妈妈、爸爸和鹰子姨妈都知道。

　　厨房的柱子上画着一只眼睛，眼睛上粘着一颗钻石，是那须美让笑子姑婆贴上去的。

　　"因为那须美说过，如果自己死了，能从那边看到这里。"笑子姑婆正在喝茶，忽然想起钻石不见了，一下子扑倒在桌子上。

　　"不是姑婆的错。那玩意儿很久以前就不见了。"鹰子说。老太太明明哭了，却用平常的声音问："什么时候？"

　　"大概三年前吧。"听到鹰子的话，日出男不甘示弱，用得意的语气说："不，我五年前就注意到了。"

"不会吧？那么早就不见了？"

"嗯，我换挂钟的时候看到的，那时候就已经不见了。"

"是吗？"

听着鹰子和日出男的对话，妈妈爱子怯怯地说："不，其实可能更早。"

大家都看着爱子，她先说了一句："对不起，没有马上告诉你们，"接着说，"我因为生小光要去住院，直到那天还在的。因为我对着柱子上的钻石跟那须美打过招呼，告诉她我要走了。当时的确还在，但等我出院回来，想给她看看这孩子，钻石就不见了。"

大家都看着小光。小光被众人盯着，感到心跳加剧，她心想：……难道是因为我吗？

"对不起，可能是因为我才不见的。"爱子说着，她看起来好像要哭了。

"怎么可能？"鹰子说。

"可能是那须美已经不想再看了吧。"

"不想再看什么？"

爱子沉默了片刻，下定决心说出心里的话："不想看我养育子女的过程。"她感觉自己吐露了一直积累在心里的东西，随即把小光抱在怀里，好像生怕有人会把她从自己身边夺走。

"我想，这会不会是那须美最大的遗憾？"爱子看着小光。

爱子说，那须美最想做的就是活久一些，生个孩子，看着孩子在房子里跑来跑去，然后生气地说"别闹了"。

这和小光今天在仓库里想的一样。原来妈妈从很多年前就和小光想着同一件事，也许是在小光出生前就开始了。

大约在小光上幼儿园的时候，有一天她和爱子两个人坐在车里。在送货回来的路上，爱子突然停下了车。透过挡风玻璃能看见富士山，爱子什么也没说，只是盯着山看。过了很长时间，云的颜色和形状一点点发生变化。小光看着一动不动的爱子感到害怕，她不由自主地握住了爱子的手，那只手很凉。爱子突然清醒过来，说了句"对不起"。小光觉得这不是对自己说的，爱子的目光正看着自己身后很远的地方。

"小爱，不是这样的。"鹰子靠近爱子。

"你做了那须美没有做到的事，她很感激你。"鹰子尽力劝慰她。

"钻石是因为老太太没粘好，一定是用饭粒之类的东西粘的吧？"日出男显然想用一贯的方式来解决问题——先惹怒笑子，然后大家一起笑话她。不过笑子老太太却用充满感慨的声音说："这么说，钻石变成了小光？"她抚摸小光的脸，喃喃自语。

鹰子很感动，她牵过小光，拥抱了她。鹰子的手刚刚剥过桃子，闻起来很甜。虽然很甜，但拥抱的力道却大得让小光几乎窒息。

"是啊。小光来到这个家，代替了钻石。从现在开始，那须美，还有去世的爸爸妈妈，都会透过小光的眼睛看着我们。"鹰子说完，终于松开双臂，放开了小光。

　　笑子姑婆也伸出双臂想拥抱小光。她的手臂看起来很吓人，表面粗糙，就像小光刚才看到的煎饼一样。但是当她抱着小光，小光又觉得她的皮肤就像入口即化的奶糖一样光滑。

　　"谢谢你来到这个世界。"老太太抱着小光摇来摇去。

　　"我的出生是好事？"小光回头问道。在场的每个人都发出了笑声，像是在说："说什么呢？当然啦！"

　　随后小光被爸爸抱进怀里，又被妈妈抱进怀里，又再次被姑婆拥入怀中。他们每个人闻起来都不一样，每个人都是不一样的柔软，但大家都同样温柔。小光思考，应该怎么形容这种感觉？

　　"这是祝福。"

　　喉咙深处又传来那个声音，好像就是之前在仓库里听到的。

　　"因为栖居着什么，所以得到了大家的祝福。"栖居着什么？小光在心里发问。

　　"生命。"

　　那天晚上，小光又去了仓库。地板上死去的飞蛾和白天时一样。她找到了活着的那个，它还在房间里，趴在墙上。小光碰了碰飞蛾的翅膀，飞蛾没有立刻移动，但只要小光一碰，它就会动作迟缓地向上爬行。虽然小光不知道那具体是什么，但她明白这只小虫的身上一定栖居着什么，自己的身上也一样。自己的身上栖居着和这只飞蛾一样的东西。有一天，这只飞蛾和自己身上栖居的东西都会离开。小光想，这不是任何人的错，只是来了又去。就像那须美离开这个家，而自己来到这里一样。这也不是由谁来决定的，就像借了图书馆的书又还回去一样，不是吗？图书馆里的书不属于任何人，但一旦你读了，它就只属于你。小光想，所谓的"生命栖居在这里"，就是这种感觉吧。

　　内林老师布置的家庭作业，小光写了镶嵌在厨房柱子上的钻石的故事，她觉得钻石就是秘密。她其实想写被每个家庭成员拥抱时的气味和感觉，可是，她想，就算是小咲也不会懂。小光在写作业的时候意识到，世界上有些东西只有自己知道。这似乎是件孤独的事，虽然孤独，但也如宝物般珍贵。

　　明天见到小咲时，小光想告诉她，我们就像图书馆里的书一样。小咲会用什么表情听这个故事呢？她会怎么回答呢？小光想，这些也是我的宝物。

第十四章

蔚蓝的天空中，能看见一个白色的十字架缓缓向山顶移动。看起来像十字架的东西是飞机。虽然知道这不可能，但小光认为这是载着小咲的十字架。

　　在身处另一个世界的小咲眼里，现在的自己是什么模样呢？小光穿着黑色连衣裙，独自走在樱花正无边无际盛开的河边，自己说不定看起来像是蚂蚁。没错，一定是一只寂寞的老蚂蚁。小光不愿让小咲这么想，于是挺起腰板。

　　举办葬礼的地方也盛开着染井吉野樱。花丛中，用墨汁写的大大的"咲子"两个字看起来像是在笑。小咲的孙辈用吉他、曼陀林和口琴为她送行。小光在心里默默地说，仪式办得不错，但六十三岁也太早了啊，小咲。

　　自从两人各自结婚，住的地方相隔很远，就很少再见面了。但是活着和死去还是完全不一样。

那是什么时候的事呢？有一次，小光看了一部有关登山遇难者的纪录片，小咲也偶然看了那个节目。第二天，她们在学校聊了一整天。

"如果是我，也会这么说的。"小咲这样说。小光也一样。

纪录片里，两位女性被困在山上动弹不得，尽管如此，两人还是互相鼓励，想方设法地生存下去。其中一位女性很虚弱，几乎无法移动。眼看天气越来越糟，那位虚弱的女性说："别管我了，你先走吧。"另一个人没有办法（小咲喃喃自语："这种时候，是真的没有办法啊。"），只好独自下了山。活着回来的这位女性说，那个留在山上的人说话时非常平静。小咲和小光都深深地感动了。她们想象着另一个人是怎样下山的，在回家的路上又哭了一会儿。

小光停下脚步，打开出席葬礼时专用的黑色包包，在里面翻找——太好了，钻石还放得好好的。这是自己从小咲那里借来的钻石。葬礼开始前，她想把钻石还给小咲的女儿，但是对方一看到钻石就喊出声来："就是这个啊！"似乎是从来没见过这颗钻石，但又非常清楚来龙去脉。

"是我爸爸出轨时买的吧？"

小咲的女儿仔细看着钻石，然后把目光转向不远处的父亲。小咲的丈夫正在不住地流泪，似乎本人并不想哭，眼泪却流个不停。不知道是觉得不情愿还是不可思议，他一直歪头看着自己手帕上的泪水，但眼泪仍像汗水一样流个不停。

"妈妈说了，钻石还是留给您。"小咲的女儿把钻石还给小光。

可是，这么贵重的东西……看到小光还在犹豫，对方说："我妈妈常说，嫉妒啦，虚荣啦，这些讨厌的情感再怎么掩饰都不会消失。对妈妈来说，这颗钻石只会让她想起不愉快的事。她说是您把它变成了祝福。"

"可是，你母亲已经过世了。"

"她说人即使去世了，嫉妒和虚荣心也还是会留在这里。她不能把这些东西留给我们。所以您就继续留着这颗钻石吧。"

就这样，小光把带来的钻石又带了回去。

那是小咲和小光刚过四十岁时的事。小咲的丈夫出轨了。她很生气，说："那就给我买个钻戒吧。"丈夫真的给她买了。然而小咲却说她讨厌那颗钻石。

"其实我根本就不想要这种东西，只是想试试他会不会给我买。我太差劲了。"小咲说。

外遇风波的三年后，小咲说自己已经厌倦了满是嫉妒的心境，便邀请小光一起去温泉。小咲带着小光去九州旅行了三天两夜，她说旅费是卖戒指换来的。但是当她们在一家偏僻的旅馆里吃鲤鱼片时，小咲却从巧克力盒子里拿出一颗裸钻。她告诉小光，自己只卖了戒指的白金戒托。她把钻石交给小光，说："把这个给你妈妈吧，就说钻石找到了。"小光很惊讶，小咲竟然还记得自己只在小学时提到过的钻石。

小光反复说"不用了"，可是小咲却说，只有这颗钻石去了一个可以得到祝福的地方，自己才能放下。老实说，小光不太明白这其中的道理，但从小咲的眼神中能看出她是认真的。小光于是接受了，说："那就等我妈妈去世时再还给你吧。"但她没想到，小咲会先走一步。

当小光告诉妈妈爱子，自己找到了钻石，妈妈比想象中还要高兴。小光觉得小咲果然很厉害。本来她想，毕竟是钻石，妈妈肯定会很高兴，但妈妈高兴的程度超过了她的想象。爱子用胶把钻石粘在厨房柱子上画的眼睛中间，满意地抬头看着，说："人生没有什么无法挽回的事嘛。"

家里的商店原封不动地保留了下来，成了咖啡馆，偶尔也会有人来拍电影，但是主屋早就被拆除重建了。在房子被拆掉的前一天，爱子做的第一件事就是从柱子上取下钻石，放进一个白色的圆柱形盒子里。爱子告诉过小光，这是以前的胶卷盒。在小光还是个孩子的时候就已经见不到这种胶卷盒了。爱子在古董店里看到这种盒子卖两千五百日元，她买了下来。从那以后，爱子总是把这个盒子带在身边。

爱子如今住在山上的一家养老院里。她睡觉的时间很长，无论小光什么时候去探望，她都在床上。小光听说小咲去世了，就从母亲枕边的盒子里偷偷拿出了那个胶卷盒。虽然感觉对不起妈妈，但也只能骗她说又弄丢了。不过，或许已经没有这个必要了。母亲甚至已经无力再在盒子里翻找。

小光想回家一趟，又觉得太麻烦，决定穿着丧服去爱子的养老院，把小咲的钻石放回原处。

从车站到山顶有直达的高速电梯，原本要在山路走四十五分钟的路程，现在很快就能到达。

小光走进房间，发现爱子还在睡觉。她的头上戴着一个耳机模样的装置，据说是这里的特别服务，能让你梦见自己想做的梦。小光看了看枕边的电脑，发现爱子好像梦见了那须美。除此之外，她的梦还有"小光的小时候"。为什么还会想看那些辛苦的旧时光啊？小光在年轻时会感到奇怪，但现在她明白了。这两个梦是爱子最喜欢的。小光打开枕边的盒子，把装有钻石的胶卷盒放回原处。

"还活着呢。"

爱子说了梦话。她的声音很清晰，不像是在睡觉。

爱子说完，又舒舒服服地继续睡着。

　　小光想，梦到什么了？这个梦对爱子来说很重要吧。不管是真是假，都不重要。比起这些，如何度过当下才更重要，不是吗？就像爱子在梦里说的，我们还活着。

　　小光回去的时候没有坐高速电梯，而是选择了步行下山。她借用了妈妈的运动鞋走下山路。不知道怎么的，小光开始觉得，自己不是把妈妈而是把小咲留在了山上。她流下了和十几岁时一样的泪水。对啊！那时的我们就是在想象着今天流泪啊——我们想象着两个人当中的一个不在了，想象着这种痛苦。

　　小光试着对小咲说：我可以哭，对吧？因为我正在下山的途中，所以我可以哭，对吧？等回到家，我得带孙子去游泳，但在那之前，我可以尽情哭吧？总有一天，妈妈也好，钻石也好，还有现在已经变成咖啡馆的超市，我要去的游泳池，甚至我的孙辈们也都会消失。活在这个世上的人们的感情——那些曾经以为永远不会消失的不祥的预感、坦率的开心，那些懊恼的心情，还有我们曾经的全力以赴，也都会渐渐消散吧。

　　四月的绿色是如此清新，但小咲已经不在了。小光还在继续走着，她要一直走到能将小咲的离去视为理所当然。小光想，无论花上多少年，自己也要继续这下山的路途。